KB150583

지치고 힘들 때 읽는 50가지 감동 메시지

세상에서
가장 유명한
50가지 이야기

초판 인쇄 | 2022년 8월 5일

초판 발행 | 2022년 8월 20일

지은이 | 제임스 M. 볼드윈
옮긴이 | 이정문
펴낸곳 | 올댓북
펴낸이 | 진성옥 외 1인
디자인 | 디자인 감7
출판등록 | 제 2016-000036호
주소 | 서울특별시 용산구 한강대로 76길 11-12 5층 501호
전화 | 02-2681-2832   팩스 | 02-943-0935
e-mail | jinsungok@empas.com
ISBN 979-11-6186-121-0   03810

Fifty Famous Stories

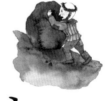

세상에서
가장 유명한
50가지
이야기

끈기와 용기, 진실, 겸손, 그리고 정의와 성공 등
세상을 움직인 사건들과 영웅들의 50가지 이야기!

제임스 M. 볼드윈 지음 | 이정문 옮김

울림 book

프롤로그

◆

　오랜 시간이 흘러도 변함없이 많은 사람들에게 회자되는 이야기가 있다. 그런 이야기들의 공통점은 시대를 초월한 감동과 교훈이 들어 있다는 것이다.

　과연 어떤 이야기들이 사람들에게 오랜 세월 동안 변함없는 감동과 교훈을 안겨 주는 것일까?

　물론 그러한 이야기 속에는 역사의 한 페이지를 장식할 만큼 위대한 사람들의 이야기들도 있겠지만, 소박한 삶을 살아가는 보통 사람들의 이야기들 또한 현대를 살아가는 사람들에게 깊은 교훈을 준다. 결코 특별하지도 않은 평범한 삶의 단면들이 오랫동안 사람들 사이에서 회자되고 감동을 줄 수 있는 것은 그들의 삶에 대한 경외감과 진솔한 태도는 결코 변할 수 없는 진리라는 반증이기도 하다.

　미국의 저명한 심리학자이며, 특히 아동심리학과 사회심리학 분야에 지대한 공헌을 했던 미국의 저명한 심리학자 제임스 M. 볼드윈(James Mark Baldwin)이 친근하고 읽기 쉬운 문체로 저술해 놓은 이 책(원제; Fifty Famous Stories)은 이미 청소년의 올바른 인성 개발을 위한 교과서적인 작품으로 인정받고 있는 역작으로써, 서양인들 사이에 널리 전해 내려오는 유명한 이야기들을 엄선해서 엮은 것이다. 그 유명한 50가지의 이야기 중에는 미국 초대 대통령인 조지 워싱턴의 어린 시절의 일화라든가, 필립 시드니 경의 용감한 죽음, 칭기즈칸의 매에 얽힌 이야기, 나폴레옹의 이탈리아 진군, 로마의 장군 줄리어스 시저의 일화와 같은 역사상의 실존 인물에 관한 이야기가 있는가 하면, 디오게네스와 소크라테스가 보여 주는 시니컬하면서도 철학적인 이야기도 있다.

　〈왕국〉이나 〈디강의 방앗간 주인〉, 〈코르넬리아의 보석〉등 삶에 대한 진지한 태도와 참 행복이 무엇인지를 일깨워 주는 평범한 사람들의 아름다운 이야기들도 있다.

　이 책은 주로 유럽과 미국을 무대로, 다양한 시대와 분야에 걸쳐 펼쳐지는 다소 산만하기 쉬운 이야기로 엮어져 있음에도 불구하고, 각각의 이야기들이 많은 사람들에게 보편적인 감동과 교훈을 안겨 주고 있다는 것이 최대의 장점이다.

　그것은 이 책에 수록된 이야기들에서 다뤄지는 주제가 끈기와 용기, 진실과 행복, 겸손과 사랑, 그리고 정의와 성공 등 올바른 가치관의 표준을 제시해 주고 있기 때문이다.

생활에 지치고 힘이 들 때, 우리는 종종 사소한 것에 집착하거나 눈 앞에 보이는 현상에만 매달려서 정작 가장 소중한 것을 망각하고 놓쳐 버리는 경우가 있다. 뒤늦게 그것을 깨닫고 후회할 때는 이미 늦은 것이다.

그럴 때일수록 잠시 걸음을 멈추고 한 발짝 물러서서 자신이 처해 있는 현실을 되돌아 볼 필요가 있다. 삶의 본질에 접근하기 위한 거리조정이 필요한 것이다.

우리가 지친 일상을 벗어나 가끔 여행을 떠나거나 영화를 보고 책을 읽는 것도 이러한 이유에서일 경우가 많다.

이 책에 수록된 이야기들이 시대를 뛰어 넘어 많은 사람들에게 회자되고 사랑받는 이유도 여러 가지 삶의 유형과 사건들의 간접적인 체험을 통해서 우리 삶의 본질을 들여다볼 수 있게 해주기 때문일 것이다. 그것은 또한 이 책을 새로운 감각으로 펴내 독자들에게 선보이게 된 기획 의도이기도 하다.

Contents

◆

이 책에 나오는 50가지의 이야기들은 우리들에게는
생소한 것들이 많이 있지만, 서양인들 사이에서 가장
많이 전해 내려오는 유명한 이야기들이다.

이것을 James Mark Baldwin이 친근하게 독자들에게
다가갈 수 있도록 쉬운 문체로 개작하였다. 50가지의
이야기 대부분은 실제로 역사 속에서 발생했던
사실들이며, 특히 감동과 교훈의 깊이가 느껴지는
재미있는 테마들을 우선적으로 선택하여 엮고 있다.

50가지의 이야기들이 제 각각 들려주고 있는 폭넓은
감동은 용기와 진실의 승리, 겸손과 사랑의 미덕을
일깨우고 있다.

하나

장님과 코끼리

옛날에 여섯 명의 장님이 매일 같이 길가에 서서 지나가는 사람들에게 구걸을 했다. 그들은 코끼리에 관해 자주 이야기를 듣기는 했지만 한 번도 보지는 못했다. 장님이 어떻게 볼 수 있었겠는가?

어느 날 아침, 코끼리 한 마리가 장님들이 서 있는 길 앞을 지나가게 되었다. 그 거대한 짐승이 자기들 앞에 있다는 말을 듣고 장님들은 코끼리를 몰고 가는 사람에게 코끼리를 볼 수 있도록 잠시 멈추어 달라고 부탁했다.

물론 그들은 코끼리를 눈으로 볼 수는 없었다. 그러나 그들은 코끼리를 만져 보면 그것이 어떻게 생긴 동물인지 알 수 있으리라고 생각했다.

첫 번째 장님은 코끼리의 옆구리를 만지게 되었다.

"그렇지, 그래. 이제는 코끼리에 대해 다 알았어. 마치 담벼락 같이 생겼군." 하고 말했다.

두 번째 사람은 코끼리의 어금니를 만져 보았다.

"여보게, 자네는 틀렸네. 전혀 담벼락 같지 않은데. 둥글고 매끈하며 날카로운데 그래. 코끼리는 창처럼 생겼어."

세 번째 사람은 우연히 코끼리의 코를 잡았다.

"자네들 둘 다 틀렸네." 하고 그는 말했다.

"분별이 있는 사람이라면 누구든지 이 코끼리가 뱀처럼 생긴 것이라는 걸 알 수 있을 걸세."

네 번째 사람이 팔을 뻗쳐 코끼리의 다리 하나를 잡았다.

"아, 자네들은 정말로 지독한 장님이군! 내가 보기에는 분명히 이 동물은 나무처럼 둥글고 높다란 걸."

다섯 번째 사람은 키가 무척 커서 코끼리의 귀를 잡게 되었다.

"아무리 지독한 장님이라도 이 짐승이 자네들이 말한 것처럼 생기지 않았다는 걸 알 것이네. 이놈은 분명 큰 부채처럼 생겼네." 하고 말했다.

여섯 번째 사람은 정말이지 지독한 장님이었기 때문에 코끼리를 찾아내는 것도 상당한 시간이 걸렸다. 결국 그는 코끼리의 꼬리를 잡았다.

"이런, 바보들 같으니라구!" 하고 그는 소리쳤다.

"자네들은 확실히 정신이 나갔군. 이 코끼리는 벽도 창도 뱀도 나무 같지도 않고, 그렇다고 부채 같지도 않아. 조금의 상식이라도 있는 사람이라면 코끼리가 사실은 밧줄처럼 생겼다는 걸 알 수 있을 거야."

잠시 후 코끼리는 떠나갔고, 여섯 명의 장님들은 하루종일 길 옆에 앉아 코끼리에 관해 말다툼을 했다. 서로가 자기만이 그 동물이 어떤 모양인가를 알고 있다고 믿는 나머지, 상대방이 자기의 의견과 맞지 않는다고 욕설까지 퍼부었다.

눈이 보이는 사람들도 이와 마찬가지로 눈 앞에 보이는 작은 것에 자신의 정력과 시간을 낭비하는 바보 짓을 하는 경우가 있다.

둘

다몬과 피디아스

피디아스라는 젊은이가 폭군 디오니시우스가 싫어하는 일을 저질렀다. 그 죄로 그는 감옥에 끌려 갔고 처형될 날짜가 정해졌다. 그의 집은 멀리 떨어져 있었는데 그는 죽기 전에 부모님과 친구들을 꼭 한 번 만나고 싶었다.

"집에 가서 사랑하는 사람들에게 작별 인사라도 할 수 있도록 제발 허락해 주십시오. 그런 뒤에는 반드시 다시 돌아와서 목숨을 내놓겠습니다."

폭군은 비웃었다.

"네가 약속을 지킬지 안 지킬지 내가 어찌 알겠느냐? 너는 나를 속여서 목숨을 구하려는 것뿐이야."

그때 다몬이라는 청년이 일어나 말했다.

"오, 왕이시여! 제 친구 피디아스 대신 저를 감옥에 가두시고 그가 고향에 돌아가서 자신의 일들을 정리하고 가족과 친구들에게 작별 인사를 할 수 있도록 허락해 주십시오. 저는 피디아스가 약속한 대로 돌아온다는 것을 알고 있습니다. 왜냐하면 그는 결코 약속을 어긴 적이 없기 때문입니다. 그러나 만약에 그가 왕께서 정해주신 날짜에 이곳에 돌아오지 않는다면, 그때는 제가 그를 대신해 죽겠습니다."

폭군은 이러한 제의를 하는 사람이 세상에 존재한다는 사실에 놀랐다. 그래서 그는 그들의 우정에 감동하여 피디아스가 집에 가는 것을 허락하고 대신 다몬을 감옥에 가두도록 명령했다.

시간이 지나고, 피디아스가 죽기로 되어 있는 날짜가 점점 다가왔지만 그는 돌아오지 않았다. 폭군은 간수에게 다몬이 탈출하지 못하도록 철저히 감시하라고 명령했다. 그러나 다몬은 탈출하려고 하지 않았다. 그는 여전히 친구의 명예와 신의를 신뢰하고 있었다.

"만약 피디아스가 제시간 안에 돌아오지 못한다면 그것은 그의 잘못은 아닐 것이다. 피치 못할 사정이 있기 때문일 거야."

마침내 그날이 왔고, 처형의 시간이 되었다. 다몬은 죽을 각오가 되어 있었다. 친구에 대한 그의 신뢰는 평소와 다름없이 확고했다. 그는 자기가 그토록 믿는 친구를 위해 고통받는 것을 슬퍼하지 않는다고 말했다.

그를 사형장으로 데려가기 위해 간수가 들어왔다. 다몬은 피디

아스를 원망하지 않았다.

　바로 그 순간, 피디아스가 감옥 문 앞에 당도했다. 그는 예기치 못한 폭풍과 조난 사고로 인해 늦어진 것이었다. 그는 자신이 너무 늦지 않았을까 걱정했다. 그는 다몬에게 친근한 목소리로 고맙다는 인사를 건네고는 간수에게 자기의 몸을 맡겼다. 그는 비록 마지막 순간이기는 했지만 제시간에 도착한 것을 기쁘게 생각했다.

　폭군은 사람의 미덕을 알아보지 못할 정도의 악인은 아니었다. 그는 다몬과 피디아스처럼 서로를 사랑하고 신뢰하는 사람들이 불행하게 고통받아서는 안 된다고 생각했고, 그래서 그는 두 사람을 모두 풀어 주었다. 그는 그들과 같은 친구를 얻을 수 있다면 자신의 모든 권력과 전 재산이라도 내놓겠다고 말했다.

셋

조지 워싱턴과 도끼

조지 워싱턴이 아주 어렸을 때 그의 아버지가 그에게 도끼 한 자루를 선물로 주었다. 도끼는 번쩍거리는 새 것이었으므로, 조지는 그걸 가지고 돌아다니며 이것저것 찍는 것을 대단히 좋아했다.

그는 정원으로 달려갔다. 그는 나무 한 그루를 보았는데, 나무는 마치 "나를 찍어 넘어뜨려 보렴." 하고 그에게 말하는 듯했다.

조지는 아버지의 일꾼들이 커다란 나무들을 찍어 넘기는 것을 자주 보았다. 그래서 그는 이 나무가 '꽝' 소리를 내며 쓰러지는 것을 본다면 아주 재미있을 것이라고 생각했다. 그래서 그는 자기의 조그만 도끼를 가지고 나무를 찍기 시작했다. 나무는 매우 작았기 때문에 그것을 넘어뜨리는 일은 오래 걸리지 않았다.

그리고 나서 얼마 후에 아버지가 집으로 돌아왔다. 그가 아끼는

나무가 쓰러져 있는 것을 본 아버지는,

"누가 귀한 어린 벚나무를 잘랐느냐?" 하고 소리쳤다.

"이 나무는 아주 귀한 것이라서, 나무를 사는 데 얼마나 많은 돈을 들였는데."

아버지는 대단히 화가 나 있었다.

"그 벚나무를 자른 녀석을 알게 되면 그 녀석을 그냥!"

"아버지." 하고 어린 조지가 크게 말했다.

"솔직히 말씀드리면 제가 도끼로 그 나무를 베었습니다."

그의 아버지는 화난 것도 잊었다.

"조지." 그의 아버지는 어린 아들을 두 팔로 껴안으며 말했다.

"조지, 네가 정직하게 말해 주니 기쁘다. 네가 거짓말을 한 번 하느니, 벚나무 열두 그루를 잃어버리는 편이 낫단다."

넷

존 왕과 대수도원장

1. 세 가지 문제

오래전에 영국에 존이라는 왕이 있었다. 그는 백성들을 괴롭히는 나쁜 왕이었다. 그는 백성들에게 가혹하고 잔인했으며 백성들이야 굶어 죽든 말든 자신의 생활은 호화롭기 그지 없었다. 그는 영국의 역대 왕 중에서 가장 혹독한 왕으로 기록되고 있다.

한편 캔터베리라는 마을에는 대수도원 저택에서 호화로운 생활을 하고 있는 늙고 부유한 대수도원장이 살고 있었다. 매일 백여 명의 귀족들이 그와 함께 식사를 했으며, 오십 명의 용감한 기사들이 금줄이 달린 멋진 벨벳 코트를 입고 그의 식탁에서 시중을 들었다.

그 수도원장의 생활상에 대한 이야기를 들은 존 왕은 대수도원

장의 그런 생활에 종지부를 찍도록 해야겠다고 결심했다. 그래서 왕은 대수도원장에게 사람을 보내어 왕궁으로 불러들였다.

"대수도원장, 대체 어찌된 일이오?" 왕은 매우 화가 난 듯한 표정으로 수도원장을 노려보며 소리쳤다.

"당신은 나보다 훨씬 더 좋은 집을 가지고 있다는데 어떻게 감히 그럴 수가 있소? 이 나라에 살고 있는 사람은 누구도 왕보다 더 화려하게 살아서는 안 된다는 것을 당신은 모르오? 분명히 말해 두지만 나는 아무에게도 그와 같은 것을 허락하지 않았소."

"오, 왕이시여! 말씀드리옵건대 저는 제 재산 외에는 아무것도 욕심내지 않았습니다. 저의 친구들과 제 휘하에 있는 용감한 기사들을 즐겁게 해 주고자 하는 것을 나쁘게 생각지 말아 주시기 바라옵니다."

대수도원장은 두려움에 가득한 목소리로 왕에게 말하였다.

"당신을 나쁘게 생각지 말아달라고? 어찌 내가 당신을 나쁘게 생각하지 않을 수 있겠는가? 이 넓은 나라 안에 있는 모든 것에 대한 권리는 내 것이다. 그런데 당신은 어떻게 감히 나보다 호화로운 생활을 해서 나를 수치스럽게 하는 것인가? 사람들은 당신이 나 대신 왕이 되려 하고 있다고 생각할 것이다."

"오, 그런 말씀 마십시오! 저는, 다만……." 대수도원장은 너무도 두려운 나머지 말을 잇지 못하였다.

"닥치거라!" 왕이 소리쳤다.

"잘못이 명백하거늘, 뉘우치지 않고 변명을 하는 것이오. 만약 당신이 나의 세 가지 질문에 대답하지 못한다면 당신 목을 자르고, 당신 전재산을 몰수할 것이오."

"아, 왕이시여, 질문에 대답해 보겠습니다." 대수도원장은 두려움에 떨며 말했다.

"좋다. 그러면 당신은 하루 안에 세 가지 질문에 대답하라. 첫째, 내가 정확히 얼마나 오래 살 수 있는지를 내게 말하라. 둘째, 내가 말을 타고 세계를 얼마나 빨리 돌 수 있는지를 말하고, 그리고 마지막으로 내가 무엇을 생각하고 있는지를 말해 보라."

"아, 왕이시여! 그 문제들은 대단히 어려워서 지금 당장 답해 드릴 수가 없습니다. 저에게 생각할 여유를 주신다면 제가 할 수 있는 한 최선을 다해 보겠습니다."

"좋다. 이 주일의 여유를 주겠다. 그러나 만약 당신이 그때 가서도 대답하지 못한다면 당신 목을 자르고, 당신 땅과 모든 재산을 몰수할 것이다."

대수도원장은 슬픔과 두려움에 떨며 돌아갔다. 그는 우선 옥스포드로 말을 몰았다. 그곳에는 대학교가 있기 때문에 그는 현명한 교수들 중에 누군가가 자기를 도와줄 수 있는가를 알아보고 싶었다. 그러나 그들은 고개를 저으면서 존 왕에 대해서는 그들이 가지고 있는 책에 아무것도 쓰여 있지 않다고 말했다.

그래서 수도원장은 다른 대학이 있는 캠브리지로 말을 몰았다.

그러나 그곳의 큰 학교의 교수들 중 누구도 그를 도와줄 수는 없었다. 마침내 그는 슬픔과 비탄에 잠겨 그의 친구들과 용감한 기사들에게 작별을 고하기 위해 집으로 말을 몰았다. 이제 그가 살 수 있는 날은 일 주일밖에 없었던 것이다.

2. 세 가지 대답

자신의 저택에 이르는 좁은 길로 말을 타고 가다가 대수도원장은 들판으로 나가던 그의 집 양치기를 만났다.

"어서 오십시오, 주인님!" 하고 양치기가 큰 소리로 인사를 하였다. 그리고 그는 대수도원장을 향하여,

"존 대왕으로부터 어떤 소식을 갖고 오셨습니까?"

"슬픈 소식이야, 슬픈 소식." 하고 대수도원장은 말한 뒤 양치기에게 그동안 있었던 일들을 모두 이야기해 주었다.

"기운을 내십시오. 기운을 내세요, 주인님." 하고 양치기는 말했다.

"주인님은 바보가 현인에게 지혜를 가르쳐 줄 수 있다는 말을 들어 보시지 못했습니까? 주인님의 걱정을 제가 덜어 드릴 수 있을 것 같습니다."

"어떻게? 어떻게 말이냐." 대수도원장은 말에서 급하게 내려서 양치기의 손을 잡으며 외쳤다.

"그대가 무슨 수로 나를 도와줄 수 있단 말이냐?"

"주인님도 아시다시피 사람들은 저와 주인님이 꼭 닮았다고들 합니다. 가끔은 저를 주인님으로 잘못 보기도 합니다. 저에게 주인님의 하인들과 말과 외투를 빌려 주십시오. 그러면 제가 런던으로 가서 왕을 배알하겠습니다. 다른 일은 할 수 없다치더라도 적어도 저는 주인님을 대신해서 죽을 수는 있을 것입니다."

"오, 나의 양치기여, 자네는 정말이지 매우 친절하군. 그러면 자네 계획대로 해보게. 그러나 만약에 최악의 사태가 온다면 자네를 나 대신 죽게 하지는 않겠네. 자네가 나 대신 죽는 것을 내 어찌 볼 수 있단 말인가!"

양치기는 즉시 떠날 준비를 하였다. 그는 매우 신경을 써서 정장을 하였다. 양치기 코트 위에다가 그는 대수도원장의 긴 예복을 입고 모자와 금지팡이도 빌렸다. 모두 갖추고 보니, 세상 그 누구도 그가 대수도원장이 아니라고 생각할 사람은 없을 것 같았다. 그는 대수도원장의 말에 올라, 많은 하인들을 거느리고 런던을 향해 떠났다.

왕궁에 도착한 양치기는 왕을 배알하였으나 왕 역시 그를 대수도원장으로 생각하였다.

"어서 오시오, 대수도원장." 하고 왕은 말했다.

"돌아온 것은 잘한 일이오. 그러나 즉시 돌아오기는 했지만, 내가 낸 세 가지 질문에 대답하지 못하면 당신 목은 달아날 것이오."

"세 가지 질문에 대답할 준비가 되어 있습니다, 왕이시여!" 하고 양치기가 말했다.

"정말이오, 정말이오." 하고 왕은 큰소리로 웃었다.

"그래, 그렇다면 첫째 질문에 대답하시오. 내가 얼마나 살 수 있겠소? 자, 당신은 정확히 날짜를 말해야 하오."

"왕께서는 돌아가시는 날까지 사실 것이옵니다. 그 이상은 하루도 더 못 사십니다. 그리고 왕께서는 마지막 숨을 거두시는 바로 그 순간에 돌아가시는 겁니다. 한 순간 이전도 아닙니다."

"당신은 과연 재치가 있구려." 하고 왕은 웃으며 말했다.

"그것은 통과한 것으로 치고 당신 대답이 옳다고 해두겠소. 그러면 이제 내가 말을 타고 얼마나 빨리 세상을 한 바퀴 돌 수 있는가를 말해 보시오."

"왕께서는 해가 뜰 때 일어나셔야 됩니다." 하고 양치기는 말했다.

"그리고 다음날 아침 해가 다시 뜰 때까지 말을 타고 계셔야 합니다. 그렇게 하시면 왕께서는 스물네 시간 만에 말을 타고 세상을 한 바퀴 도신 셈이 되는 것입니다."

"정말, 나는 그렇게 빨리 세상을 한 바퀴 돌 수 있으리라고는 생각지 못했소." 하고 왕은 말했다.

"당신은 재치만 있는 게 아니라 현명하기도 하구려. 그러면 이 대답도 통과된 것으로 치겠소. 그럼 이번에는 세 번째이자 마지막 질문이오. 내가 무엇을 생각하고 있다고 생각하오?"

"그것은 쉬운 질문입니다." 하고 양치기는 말했다.

"왕께서는 저를 캔터베리의 대수도원장이라고 생각하십니다. 그러나 진실을 말씀드리자면, 저는 그 분의 보잘것 없는 양치기에 불과합니다. 그리고 왕께서 대수도원장님과 저를 용서해 주십사 하고 빌러 왔습니다." 이렇게 말하며 양치기는 입고 있던 긴 예복을 벗어던졌다.

"재미있는 친구로다." 하고 왕은 말했다.

"내가 네 주인 대신 캔터베리의 대수도원장을 시켜 주마."

"오, 왕이시여! 그럴 수는 없습니다." 하고 양치기는 말했다.

"저는 읽고 쓸 줄을 모르거든요."

"그렇다면 좋다. 나는 너의 그 재미있는 답변에 대한 보답으로 다른 어떤 것을 주겠다. 나는 내가 살아 있는 동안 매주 은화 네 닢씩을 주겠다. 그리고 집에 돌아가거든 그 늙은 대수도원장에게 존 왕으로부터 무조건 사면을 받아 왔노라고 전해라."

다섯

허울 좋은 향연

옛날에 바미사이드라고 불리는 돈 많은 노인이 있었다. 그는 꽃이 만발한 정원 한가운데에 있는 아름다운 저택에서 살았다. 그는 원하는 것은 무엇이든 가질 수 있었다.

같은 나라에 쉐커벡이라는 이름의 가난한 사람이 있었다. 그의 옷은 누더기뿐이었고 음식은 먹다 버린 찌꺼기가 전부였다. 그러나 그는 명랑했고 마음은 평화로웠고 행복했다.

한 번은 오래도록 끼니를 거르게 된 쉐커벡이 마침내 바미사이드에게 가서 도움을 요청할 생각으로 그의 집을 찾아갔다.

문에 있던 하인이 말했다.

"들어가서 주인님께 말해 보세요. 주인님은 배고픈 당신을 모른 채 돌려보내지는 않을 것입니다."

쉐커벡은 집안으로 들어가서 바미사이드를 찾으면서 아름다운 방들을 여러 개 지나갔다. 마침내 바닥에는 아름다운 카펫이 깔려 있고 벽에는 훌륭한 그림들이 걸려 있으며, 눕기에 편한 침상들이 있는 커다란 홀에 이르렀다.

그는 방 저쪽 끝에 있는 길고 흰 턱수염을 한 귀족의 모습을 발견했다. 그 사람이 바미사이드였다. 불쌍한 쉐커벡은 그 나라의 풍습대로 그에게 허리를 굽혀 절을 했다.

바미사이드는 친절한 목소리로 무엇을 원하느냐고 물었다.

쉐커벡은 그에게 자기의 곤란을 모두 말하고는 빵을 먹어 본 지 이틀이나 됐다고 했다.

"그럴 수가 있습니까?" 하고 바미사이드가 말했다.

"당신은 너무 배가 고프겠군요. 그런데 여기 있는 나는 음식이 너무 많아서 남아 돌아갈 지경입니다!"

그리고 그는 몸을 돌려 하인을 불렀다.

"여봐라, 이 손님에게 손 씻을 물을 가져오고 요리사에게 빨리 저녁을 준비하라고 해라."

쉐커벡은 이렇게까지 친절한 대접을 받으리라고는 생각지도 못했다. 그는 그 부자에게 감사의 말을 하기 시작했다.

"저같이 미천한 사람에게 이렇게 친절하게 대해 주시니 무어라 감사의 말씀을 드려야 할지 모르겠습니다."

그러나 부자는 손을 내저으며 말했다.

"아무 말씀 마시고 향연을 벌일 준비나 합시다."

그리고 나서 바미사이드는 마치 누가 물을 부어 주기라도 하듯이 두 손을 비비기 시작했다.

"이리 와서 함께 씻읍시다." 하고 그는 말했다.

쉐커벡은 시종도 대야도 물도 볼 수 없었다. 하지만 그는 시키는 대로 해야 한다고 생각했다. 그래서 그는 바미사이드를 따라 손을 씻는 시늉을 했다.

"자, 이제 저녁을 듭시다." 하고 바미사이드가 말했다.

그는 식탁에 앉아서 마치 구운 고기를 자르는 시늉을 했다. 그리고 나서 그는 말했다.

"마음껏 드십시오. 배고프다고 하셨지요. 음식 걱정은 마세요."

쉐커벡은 그가 농담을 즐기는 사람일 것이라는 생각에 순순히 그를 따라 음식을 집어 입으로 가져가는 시늉을 했다. 그런 다음 입을 오물거리며 말했다.

"나리가 보시다시피 부지런히 먹고 있습니다."

그러자 부자는 새로운 음식을 더 주문했다.

"자! 손님, 거위의 가슴에서 잘라 낸 맛있는 조각을 잡숴 보세요. 그리고 여기 맛있는 소스와 꿀, 건포도, 완두콩, 말린 무화과도 있습니다. 마음대로 드시고, 또 다른 맛있는 음식들이 들어온다는 것을 잊지 마세요."

쉐커벡은 배가 고파 거의 죽을 지경이었지만, 그렇다고 상대를 무안하게 만들 만큼 예의가 없지는 않았다.

"자, 구운 양고기를 한 점 더 드셔보세요. 이렇게 맛있는 음식을 먹어 보신 적이 있으세요?" 하며 그는 마치 음식이 떨어지기라도 하는 것처럼 두 손으로 받쳐들고 쉐커벡의 앞으로 음식을 옮겨주는 시늉을 하는 것이었다.

"이렇게 맛있는 음식은 처음 먹어 봅니다. 식탁에 맛있는 음식이 가득하군요."

"그럼 마음껏 드십시오." 하고 바미사이드가 말했다.

"맛있게 드시는 것이 저로서는 무엇보다도 큰 기쁨입니다."

잠시 후에 하인이 디저트라며 식탁에 무엇인가를 놓는 시늉을 했다. 바미사이드는 사탕과자와 과일이라고 말했다. 쉐커벡은 그것들을 먹는 척했다.

"달리 더 드시고 싶은 것이 있으십니까?" 하고 주인이 물었다.

"아, 아닙니다. 정말이지 많이 먹었습니다." 가엾은 쉐커벡이 말했다.

"그럼 이제 술을 듭시다." 하고 바미사이드가 말했다.

"애야, 포도주를 가져오너라!"

"죄송합니다만, 나으리. 저는 술을 마시지 않겠습니다. 금지되어 있거든요." 쉐커벡은 정중하게 사양했다.

바미사이드는 그제서야 그의 손을 꼬옥 잡고 이렇게 말했다.

"오랫동안 당신 같은 사람을 찾았소. 자, 이제부터 진짜 저녁을 드십시다."

그가 손벽을 치자 하인들이 들어왔고 그는 저녁을 가져오라고 말했다. 두 사람은 잠시 전까지 먹는 시늉만 냈던 그 음식들이 가득 차려진 식탁에 앉았다.

가엾은 쉐커벡은 그렇게 맛있는 음식은 처음 먹어 보았다. 식사가 끝나고 식탁이 치워지자, 바미사이드가 말했다.

"나는 당신이 아주 이해심이 많은 사람이라는 것을 알았소. 당신은 재치도 있고 모든 일을 언제나 잘 처리할 수 있는 사람입니다. 이곳으로 와서 나와 함께 삽시다. 내 집을 관리해 주시오."

이렇게 해서 쉐커벡은 바미사이드와 함께 여러 해 동안 같이 살며 행복한 삶을 누렸다.

여섯

의사 골드스미스

옛날에 올리버 골드스미스라는 친절한 사람이 있었다. 그는 여러 가지 재미있는 책들을 많이 쓴 사람이었다.

착한 마음씨를 가진 그는 언제나 다른 사람들을 돕고 자기가 가진 것이 무엇이든 다른 사람들과 나누어 가지려고 했다. 그래서 가난한 사람들에게 너무 많이 나누어 주었기 때문에 그 자신은 항상 가난했다. 그는 사람들에게 '의사 골드스미스'라 불리우기도 했다. 왜냐하면 그는 의사가 되기 위하여 의학 공부를 하였기 때문이다.

하루는 한 가난한 부인이 골드스미스에게 아파서 먹지도 못하는 자기 남편을 치료해 달라고 부탁했다.

골드스미스는 흔쾌히 부인을 따라나섰다. 그 집은 매우 곤궁한 형편이었고, 남자는 오랫동안 직업을 갖지 못하고 있었다. 그는 아

픈 것이 아니라 근심에 잠긴 것이었고, 먹지 못하는 것도 실은 집 안에 먹을 것이라고는 찾아 볼 수 없었기 때문이었다.

대충 사정을 알아차린 골드스미스는 부인에게 이렇게 말했다.

"오늘 저녁 제 사무실에 들러 주십시오. 제가 남편이 드실 약을 좀 드리겠습니다."

저녁에 부인이 찾아왔다. 골드스미스는 부인에게 무척 무거운 작은 종이 상자 하나를 주면서 이렇게 말했다.

"여기 약이 들어 있습니다. 처방에 적힌 대로 쓰십시오. 그러면 남편에게 큰 효험이 있을 것입니다. 그러나 집에 도착하기 전에는 절대 상자를 열어 보지 마십시오."

"어떻게 복용해야 합니까?" 부인이 물었다.

"상자 안에 사용법이 있을 것입니다." 하고 그는 대답했다.

부인은 집에 도착하여 남편 곁에 앉았다. 두 사람은 상자를 열었다. 그 작고 무거운 작은 상자 안에는 과연 무엇이 들어 있었을까? 놀랍게도 상자 안에는 금은보화가 가득 들어 있었다. 그리고 맨 위에 다음과 같은 처방이 들어 있었다.

'꼭 필요할 때마다 복용할 것.'

골드스미스는 자신이 가지고 있던 전부를 그들에게 주었던 것이다.

일곱

소크라테스와 그의 집

옛날 그리스에 소크라테스라는 매우 현명한 사람이 살았다. 전국 각지에서 많은 사람들이 그에게서 지혜를 배우기 위해 몰려들었다. 그는 재미있는 이야기를 사람들에게 들려 주었으므로 누구도 그의 이야기에 싫증을 내거나 하지 않았다.

어느 해 여름. 그는 직접 자기의 집을 지었다. 그러나 그 집은 너무도 작았다. 사람들은 그가 어떻게 그런 집에 만족할 수 있을까 하고 의아해했다.

"당신 같은 훌륭한 분이 이렇게 작은 상자 같은 집을 지으신 건 무슨 이유 때문입니까?" 누군가가 그에게 물었다.

그러자 그는 이렇게 말했다.

"비록 집이 작다고는 하지만, 이 집만이라도 진실한 친구들로 가득 채울 수만 있다면 나는 정말이지 행복하다고 생각하겠소."

현인 디오게네스

그리스 코린트 시에 디오게네스라는 매우 지혜로운 사람이 살았다. 전국 각지에서 사람들이 그를 보기 위하여, 그의 말을 듣기 위하여 모여들었다.

그러나 그는 현명하기는 했으나 매우 특이한 버릇 몇 가지가 있었다. 그는 어떤 사람도 정말로 필요한 것 이상으로 물건을 가져서는 안 된다고 믿고 있었다.

그래서 그는 집에서 살지 않고 나무통 같은 곳에서 살며, 그 통을 이리저리 굴리고 다녔다. 그는 햇빛을 쪼이는 것을 좋아했는데 항상 그의 주위에는 그의 이야기를 들으려는 사람들이 몰려들었다. 그는 사람들에게 지혜로운 이야기들을 해주며 세월을 보냈다. 어느 날 정오쯤, 디오게네스는 거리에서 초롱불을 켜 들고 무엇을 찾고 있는 듯 사방을 두리번거리고 있었다.

"대낮인데 등불은 왜 켜 들고 다니십니까?" 하고 누군가가 물었다.

"나는 정직한 사람을 찾고 있소." 하고 디오게네스는 대답했다.

알렉산더 왕이 코린트에 왔을 때, 코린트 시의 많은 사람들이 왕을 보고 칭송하기 위해 갔다. 하지만 디오게네스는 나오지 않았다.

그러나 디오게네스야말로 알렉산더가 존중하는 유일한 인물이었다. 그런데 그가 왕을 만나러 오지 않았기 때문에 왕이 직접 그를 만나러 갔다. 왕은 길가에서 통을 옆에 두고 땅바닥에 누워 있는 디오게네스를 찾아갔다. 그는 따뜻한 햇빛을 즐기고 있었다.

왕과 굉장히 많은 사람들이 몰려오는 것을 보자 디오게네스는 일어나 앉아서 알렉산더를 쳐다보았다. 알렉산더는 그에게 인사를 하고는 말했다.

"디오게네스, 나는 그대의 지혜에 관해 많이 들어왔소. 내가 그대를 위해 해줄 수 있는 일이 없겠소?" 하며 알렉산더 왕은 부드러운 표정으로 디오게네스를 바라보며 말했다.

"있습니다." 하고 디오게네스가 말했다.

"나에게서 햇빛을 가리지 않도록 조금 옆으로 비켜 서 주십시오."

그가 기대했던 것과는 다른 전혀 뜻밖의 응답에 왕은 놀랐다.

그러나 그것이 왕을 화나게 만들지는 않았다. 오히려 그를 더욱더 존경하게 만들 뿐이었다. 말을 타고 돌아가는 길에 그는 신하들을 향해 돌아서서 다음과 같이 말했다.

"자네들이 무슨 말을 하든, 만약 내가 알렉산더가 아니었다면 나는 기꺼이 디오게네스가 되었을 것이네."

아홉

아트리의 종

아트리는 이탈리아에 있는 작은 마을의 이름이다. 이곳은 매우 오래된 마을로 가파른 언덕의 중간쯤에 위치해 있다.

오래전에 아트리의 왕이 커다랗고 멋진 종을 준비하여 장터에 있는 탑에 매달아 놓았다. 거의 땅바닥까지 닿는 기다란 줄이 종에 매어져 있다. 아무리 작은 아이라도 이 줄을 잡아 당겨서 종을 울릴 수가 있었다.

"이것은 정의의 종이다." 하고 왕은 말했다.

마침내 모든 준비가 끝나자 아트리 사람들은 큰 축제를 맞았다. 남자와 여자, 어린아이 할 것 없이 모두가 정의의 종을 보기 위해 장터로 내려왔다. 매우 아름다운 종이 거의 태양처럼 빛날 만큼 잘 닦여서 빛을 내고 있었다.

"저 종이 울리는 소리를 꼭 듣고 싶은걸!" 하고 사람들은 말했다.

그때 왕이 거리로 내려왔다.

"아마도 왕이 종을 칠 거야." 하고 사람들은 수군거렸다. 그래서 사람들은 모두 가만히 서서 왕이 어떻게 하는지 보려고 기다렸다.

그러나 왕은 종을 치지 않았다. 그는 밧줄을 손에 잡지도 않았다. 그는 탑 아래에 이르자 멈춰 서서 한 손을 들었다.

"나의 백성들이여!" 왕이 말했다.

"이 아름다운 종이 보이십니까? 이것은 여러분의 종입니다. 그러나 필요한 경우에만 울려야 합니다. 여러분 중 누구라도 어려운 일을 당했을 때는 언제라도 여기 와서 종을 치십시오. 그러면 즉시 재판관들이 와서 여러분의 사정을 듣고 공정한 판결을 내려 줄 것입니다. 그러나 억울한 일을 당했다고 생각하지 않으면 이 줄을 당겨서는 안 됩니다."

이 일이 있은 후 여러 해가 지났다. 장터에 있는 그 종은 여러 번 울렸고, 그때마다 재판관들이 불려 왔다. 많은 잘못이 시정되었고, 나쁜 일을 한 사람들은 벌을 받았다. 마침내 대마로 엮은 밧줄은 거의 닳아서 끊어질 것 같았다. 줄 아래 쪽은 꼬았던 것이 풀렸고, 몇 가닥은 끊어졌다. 밧줄은 이제 키 큰 어른이나 손이 닿을 수 있을 정도로 짧아졌다.

"이대로는 안 되겠소." 하루는 재판관들이 말했다.

"만약 어린아이가 억울한 일을 당하면 어떻게 되겠습니까? 어린아이는 부당하다고 생각하는 일을 우리에게 알리기 위해 종을 칠 수가 없을 것입니다."

그들은 종에 당장 새 밧줄을 달라는 명령을 내렸다. 줄이 땅에까지 내려와 아무리 작은 어린이라도 닿을 수 있게 말이다. 그러나 온 아트리를 찾아보아도 밧줄을 구할 수가 없었다. 산 너머로 밧줄을 구하러 사람을 보내야 하겠지만, 밧줄을 가져오기까지는 여러 날이 걸릴 것이었다. 만약 밧줄을 가져오기 전에 어떤 매우 억울한 일이 생겨난다면 어찌 될 것인가? 만약 피해를 당한 사람이 그 낡은 밧줄에 닿지 못해서 종을 칠 수가 없다면 재판관들이 어떻게 그 일을 알 수 있겠는가?

"제가 종에 밧줄을 매어 드리겠습니다." 그때 옆에 서 있던 한 남자가 말했다. 그는 그리 멀지 않은 곳에 있는 자기의 정원으로 달려가 양손에 길다란 포도 덩굴을 가지고 왔다.

"이것을 밧줄 대신 쓸 수 있을 것입니다." 하고 말한 뒤 그는 위로 기어 올라가 포도 덩굴을 종에다 매달았다. 아직도 잎과 덩굴손이 달려 있는 가느다란 덩굴은 땅바닥까지 늘어졌다.

"됐소." 하고 재판관들은 말했다.

"이건 매우 훌륭한 밧줄이군요. 그대로 둡시다."

마을 위 언덕에는 한때는 용감한 기사였던 사람이 살고 있었다. 젊었을 적에 그는 말을 타고 많은 나라를 돌아다녔고 많은 전투에도 나가서 싸웠었다. 그 많은 날들 동안에 그의 가장 좋은 친구는 그의 말이었다. 그 말은 튼튼하고 훌륭한 준마로서 많은 위험에서 그를 구해 주었다.

그러나 그 기사는 늙게 되자 더 이상 말을 타고 전투에 참가하려 하지 않았다. 그는 더 이상 용감해질 생각이 없었다. 그는 돈 외에는 생각하지 않았다. 구두쇠가 되었던 것이다. 결국 그는 말을 빼놓고는 갖고 있던 것을 모두 팔고 언덕에 있는 작은 오두막집으로 옮겼다. 매일 그는 돈뭉치 사이에 앉아서 어떻게 하면 더 많은 돈을 벌 수 있을까 궁리했다. 그의 말은 매일 텅 빈 마구간에서 거의 굶어 죽을 지경으로 추위에 떨며 서 있었다.

어느 날 아침 그는 혼잣말을 했다.

"저 게으른 말을 먹여 살려 무엇에 쓴단 말인가? 매일 저 녀석을 먹이는 데 드는 돈이 저 녀석의 값어치보다 더 든단 말야. 말을 팔고 싶어도 살 사람이 없으니! 누구한테 주어 버릴 수조차 없어. 내쫓아서 혼자 길가의 풀이나 뜯어먹으래야겠다. 만약 녀석이 굶어 죽는다면 할 수 없지."

그 불쌍한 늙은 말은 주인에게 쫓겨나 황폐한 언덕 위의 바위 사이에서 먹이를 찾아야 했다. 말은 병든데다가 다리까지 절며 먼지투성이의 길을 따라 거닐며 풀잎이나 엉겅퀴를 뜯어 먹으며 배고

품을 채웠다. 아이들은 말에게 돌을 던졌고 개들은 짖어댔다. 세상 누구 하나 말을 동정하고 불쌍하게 여기는 이는 없었다.

어느 날 뜨거운 오후, 거리에 아무도 없는 틈을 타서 말은 어슬 렁거리며 장터로 내려왔다. 뜨거운 햇볕이 사람들을 모두 집 안으 로 몰아 넣었기 때문에 장터에는 아무도 없었다. 장터의 문은 활짝 열려 있어서 그 가엾은 말은 마음대로 돌아다닐 수 있었다. 말은 정의의 종에 달려 있는 포도 덩쿨을 보았다. 덩쿨에 붙어 있는 잎 들과 덩쿨손은 아직도 싱싱하고 푸르렀다.

굶주린 말에게 그것은 얼마나 훌륭한 성찬이었겠는가! 말은 여 윈 목을 뻗쳐 맛있어 보이는 그것을 한 입 물었다. 그러자 위에 있 는 큰 종이 울리기 시작했다. 아트리에 사는 모든 사람들이 그 소 리를 들었다. 종소리는 다음과 같이 말하는 듯했다.

어떤 사람이 내게 부당한 짓을 했소!
어떤 사람이 내게 부당한 짓을 했소!
아! 와서 나의 사건을 판결해 주시오!
아! 와서 나의 사건을 판결해 주시오!
나는 억울한 일을 당했기 때문이오!

재판관들도 그 소리를 들었다. 그들은 법복을 입고 햇빛이 내려 쬐는 뜨거운 거리를 지나 장터로 갔다. 그들은 이러한 때에 종을

친 사람이 누굴까 하고 의아해했다. 장터에 들어선 재판관들은 말이 포도 덩쿨을 씹고 있는 것을 보았다.

"아하!" 하고 한 재판관이 소리쳤다.

"저건 구두쇠의 말이오. 저 말은 정의를 요청하러 온 것이오. 다 알다시피 저 말의 주인은 말을 너무도 고약하게 다루었소."

"저 말은 말 못하는 짐승이지만 훌륭하게 호소를 하는군요."

"그렇다면 저 말은 정당한 판결을 받을 것이오!"

그러는 동안 점점 많은 사람들이 어떤 사건이 처리되는지를 보려고 장터로 몰려들었다. 그들은 말을 보고는 모두 놀라 가만히 서 있었다. 그러자 사람들은 저마다 그 말은 주인이 집에서 돈주머니를 세고 있는 동안 먹지도 못하고 보살핌도 받지 못해 언덕 위에서 헤매고 있는 것을 보았다고 했다.

"가서 그 구두쇠를 우리 앞에 데려오시오." 재판관들이 말했다.

그래서 구두쇠가 불려오자 재판관들은 그에게 선 채로 그들이 내리는 판결을 들으라고 명령했다.

"이 말은 수년 동안 당신을 잘 섬겼소. 이 말은 많은 위험으로부터 당신을 구했소. 당신이 재산을 모으도록 도와주기도 했소. 따라서 우리는 당신이 가진 돈의 절반으로 말의 안식처와 음식, 즉 말이 풀을 뜯어 먹을 푸른 초원과 노후에 보낼 따뜻한 마구간을 사줄 것을 명령합니다."

구두쇠는 고개를 숙이고 재산을 잃게 된 것을 한탄했다. 그러나 사람들은 환호성을 질렀고, 말은 오랫동안 먹어 보지 못했던 성찬을 먹으러 새 마구간으로 이끌려 갔다.

열

윌리암 텔 이야기

스위스 사람들이 오늘날처럼 늘 자유롭고 행복했던 것만은 아니었다. 아주 오래 전에 게슬러라는 오만한 폭군이 그들을 다스렸을 때 그들은 참으로 비참한 생활을 해야만 했다.

하루는 이 폭군이 광장에 커다란 장대를 세우고 자신의 모자를 그 꼭대기에 걸어 놓았다. 그리고는 성안으로 들어오는 자는 누구나 그 앞에서 절을 해야 한다는 명령을 내렸다. 그러나 윌리암 텔은 그의 명령에 불복했다.

그는 팔짱을 낀 채 꼿꼿히 서서 그 흔들리는 모자를 보고 비웃었다. 그는 절을 하려고 하지 않았다.

게슬러는 대단히 화가 났다. 폭군은 윌리암 텔의 행동을 따라 다른 사람들도 그의 명령에 복종하지 않게 되면 곧 나라 전체가 자기에게 반역하게 되지 않을까 두려워졌다. 그래서 그는 이 무례한 사내를 벌하기로 마음먹었다.

윌리암 텔의 집은 산중에 있었으며 그는 최고의 사냥꾼이었다. 나라 안에서 그만큼 활을 잘 쏘는 사람은 없었다. 게슬러도 이 사실을 알고 있었기 때문에 그는 이 사냥꾼의 재주가 도리어 재난을 불러 일으키게 만들 잔인한 계획을 생각해 냈다. 그는 텔의 어린 아들이 머리 위에 사과 하나를 올려 놓은 채 성안의 광장에 서 있도록 하고 텔에게 단 한 개의 화살로 아들의 머리 위에 놓인 사과를 맞추라고 명령했다.

윌리암 텔은 폭군에게 자신의 솜씨를 이런 식으로 시험하지 말라고 애원했다. 만약 아이가 움직인다면 어떻게 될 것인가? 만약 사수의 손이 떨리기라도 한다면? 만약 화살이 명중하지 않는다면 어찌 될 것인가?

"당신은 내 자식을 죽이게 만들 생각이십니까?" 하며 윌리암 텔은 간절한 마음으로 왕이 마음을 돌리기를 애원하였다.

"더 이상 아무 말 마라." 하고 게슬러는 말했다.

"너는 화살 하나로 사과를 맞추어야 한다. 만약 실패하면 네가 보는 앞에서 내 병사들이 네 아들을 죽일 것이다."

그러자 텔은 더 이상 아무 말도 하지 않고 화살을 활시위에 걸었다. 그는 조준을 하여 화살을 놓았다. 소년은 조금도 움직이지 않고 서 있었다. 소년은 두려워하지 않았다.

그는 아버지의 활 솜씨를 믿고 있었던 것이다.

화살은 '휙' 하는 소리를 내며 공중을 가로질렀다. 화살은 사과의 한가운데를 정확하게 맞춰 떨어뜨렸다. 이 광경을 보고 있던 사람들은 환호성을 질렀다.

윌리암 텔이 그곳을 떠나려고 몸을 돌렸을 때, 그의 외투 안에 감춰 두었던 화살 하나가 땅바닥에 떨어졌다.

"이놈!" 하고 게슬러가 소리쳤다.

"네 옷 속에 있던 화살은 어찌 된 것이냐?"

"폭군이여!" 하고 텔은 당당하게 대답하였다.

"이 화살은 만약 내 아들이 다치기라도 한다면 당신의 심장을 쏠 생각으로 갖고 있었던 것이오."

그레이스 달링

구월 어느 어두운 아침이었다. 밤새도록 폭풍우가 몰아쳤다. 영국 노섬벌랜드의 판 군도의 연안에 있는 한 낮은 바위에 배 한 척이 올라가 있었다. 그 배는 파도에 부딪혀 두 동강이 나버렸는데, 한쪽은 파도에 쓸려가 버렸다. 아직 바위 위에 걸려 있는 나머지 한쪽에는 살아 있는 선원들이 매달려 있었다. 그러나 파도가 그 위를 덮치고 있었으므로 얼마 안 있으면 그것마저 바닷속으로 휩쓸릴 형편이었다.

위험에 처한 이 사람들을 누가 구할 수 있을 것인가?

그 군도의 섬 한 곳에 등대가 있었다. 그리고 그곳에서 그레이스 달링은 그날 밤새도록 폭풍우 소리를 듣고 있었다. 그레이스는 그곳 등대지기의 딸로 태어나서 지금까지 줄곧 등대를 관리하는 아버지와 함께 살아왔다.

칠흑 같은 어둠 속에서, 그녀는 파도와 바람 소리에 섞인 비명과 울부짖는 소리를 들었다. 날이 밝자 그녀는 일 마일쯤 떨어져 있는 난파선을 볼 수 있었다. 그 주위에는 성난 파도가 일렁거리고 있었다. 돛대에 매달려 있는 사람들의 모습도 보았다.

"저 사람들을 구해야 해요!" 그레이스는 외쳤다.

"당장 배를 타고 나가요!" 그녀는 아버지를 애절하게 바라보며 울부짖었다.

"소용없는 짓이다. 그레이스." 하고 그녀의 아버지가 말했다.

"저 사람들이 있는 곳까지 갈 수가 없어."

그는 바다에서의 경험이 많았기 때문에 성난 파도의 위력을 잘 알고 있었다.

"여기 앉아서 저 사람들이 죽는 걸 보고 있을 수만은 없어요." 하고 그레이스는 말했다.

"최소한 저 사람들을 구하려고 시도는 해봐야 해요."

그녀의 아버지는 더 이상 안 된다고 말할 수가 없었다. 딸의 간절한 외침과 등대지기로서의 사명감이 위험에 처한 그들을 외면할 수가 없었다. 부녀는 준비를 마쳤다. 그들은 배를 타고 출발했다. 그레이스가 한쪽 노를 저었고, 아버지가 다른 쪽 노를 저었다. 그들은 난파선을 향해 곧장 나아갔다. 그러나 거센 파도를 헤치며 노를 젓기란 매우 어려운 일이어서 도저히 난파선이 있는 곳까지 닿

1815 - 1842
Grace Darling

을 수가 없을 것 같았다.

천신만고 끝에 마침내 그들은 그 바위에 가까이 갔다. 그러나 이제 그들은 지금까지 겪었던 것보다 더 큰 위험에 처했다. 사나운 파도가 작은 보트에 부딪혀 부서졌다. 그레이스는 밧줄을 몸에 감고 바다로 뛰어들어 바위에 줄을 묶어 보트를 고정시켰다. 용감한 소녀 그레이스의 재치와 힘이 없었다면 보트는 산산조각이 났을 것이다.

그레이스의 아버지는 그녀가 혼자서 보트를 잡고 있는 동안 난파선에 기어 올라갔다. 피로에 지친 선원들이 그레이스 부녀의 도움을 받고는 한 사람씩 보트에 옮겨 탔다. 작은 보트가 떠내려가거나 날카로운 바위 모서리에 부딪쳐 부서지지 않도록 하는 것이 그레이스가 할 수 있는 일의 전부였다. 그런 다음 그녀의 아버지는 간신히 기어서 보트로 돌아와 억센 두 손으로 노를 잡았다.

얼마 후 모두 무사히 등대로 돌아왔다. 그레이스는 용감한 선원으로 활약했던 것 못지 않게 친절한 간호원의 임무도 훌륭히 해냈다. 폭풍우가 잠잠해지고 난파된 배의 선원들이 집으로 돌아갈 수 있을 만큼 몸이 건강해질 때까지 그레이스는 친절하게 그들을 보살펴 주었다.

이 모든 것은 오래 전에 일어났던 일이다. 하지만 그레이스 달링의 이름은 결코 잊혀지지 않을 것이다. 그녀는 지금 그녀의 옛집에서 그리 멀지 않은 바닷가의 한 조그만 묘지에 묻혀 있다. 매년 많은 사람들이 그녀의 무덤을 보기 위해 그곳에 간다.

거기에는 그 용감한 소녀를 기념하기 위해 기념물이 세워져 있다. 그것은 커다란 것은 아니지만, 그레이스 달링을 유명하게 만든 고귀한 행위를 말해 주고 있다. 그것은 손으로 보트의 노를 꼭 쥐고 누워 있는 여자의 석상이다.

열둘

유레카

옛날에 하이어로라는 이름의 시라쿠즈 왕이 있었다. 그가 다스리고 있던 나라는 아주 작았지만, 바로 그 작다는 이유 때문에 그는 세상에서 제일 큰 왕관을 쓰고 싶어했다. 그래서 그는 온갖 종류의 세공에 능한 유명한 금 세공인을 한 사람 불러, 그에게 십 파운드의 순금을 내주었다.

"이걸 가지고 가서 다른 모든 왕들이 자기의 것으로 갖고 싶을 만큼 멋진 왕관을 만들어 오너라. 내가 네게 준 금을 조금도 남기지 말고 다 사용하고, 다른 어떤 금속도 섞어서는 안 된다."

"임금님이 원하시는 대로 만들어 드리겠습니다." 하고 세공인이 말했다.

"저는 지금 십 파운드의 순금을 임금님으로부터 받았습니다.

구십 일 이내에 저는 똑같은 무게가 나가는 왕관을 만들어 드리겠습니다.”

구십 일 후 세공인은 약속대로 왕관을 가져왔다. 왕관은 아름답게 만들어져서 그것을 보는 사람마다 모두 그것에 비길 왕관은 세상에 없다고들 말했다.

하이어로 왕은 그 왕관을 머리에 썼을 때 매우 불편함을 느꼈지만 개의치 않았다. 어떠한 왕도 그렇게 훌륭한 왕관을 가지지 못했을 것이라 확신했기 때문이었다.

왕관의 이런저런 점을 칭찬하고 나서 왕은 저울에 왕관을 달아 보았다. 그것은 그가 주문했던 것과 똑같은 무게였다.

“너는 크게 칭찬을 받을 만하다.” 하고 왕은 세공인에게 말했다.

“너는 매우 능숙하게 세공을 했으며, 내가 준 금도 조금도 축내지 않았으니 말이다.”

궁전에는 아르키메데스라는 이름의 매우 지혜로운 사람이 있었다. 왕관을 구경하도록 불려가서 그는 왕관을 이리저리 돌려가며 무척이나 자세하게 살펴보았다.

“그래 자네는 어떻게 생각하나?” 하고 하이어로 왕이 물었다.

“과연 솜씨는 훌륭합니다.” 하고 아르키메데스는 대답했다.

“하지만 금이…….”

“금은 전부 그대로라네.” 하고 왕은 말했다.

"내가 저울에 그것을 달아 보았지."

"그렇겠죠." 하고 아르키메데스는 말했다.

"그렇지만 이건 덩어리로 있었을 때보다 새빨갛지 않군요. 보시는 바와 같이 전혀 붉지 않고 밝은 노랑색뿐입니다."

"금은 대개 노랗지." 하고 하이어로 왕이 말했다.

"하지만 지금 자네 이야기를 듣고 보니 과연 이것이 덩어리였을 때는 훨씬 짙은 빛깔이었던 것이 기억나는군."

"만일 그 금 세공인이 일 파운드나 이 파운드의 금을 덜어 내고 그 무게만큼의 동이나 은을 넣은 것이 아닐까요?"

"아니 그렇게는 할 수 없었을 거네." 하고 하이어로 왕은 말했다.

"단지 세공하는 과정에서 금의 색깔이 조금 변했을 거야."

그러나 왕은 그 문제를 생각하면 할수록 왕관이 마음에 들지 않았다. 결국 그는 아르키메데스에게 말했다.

"그 금 세공인이 정말로 나를 속였는지 아니면 내가 준 금을 다 돌려준 것인지 알아낼 방도가 없을까?"

"그런 방법은 모르겠사옵니다." 아르키메데스가 말했다.

그러나 아르키메데스는 무슨 일이든 불가능하다고 말하는 사람이 아니었다. 그는 어려운 문제를 해결하는 것에 대단한 기쁨을 느꼈기 때문에 어떤 어려운 문제가 있을 때마다 그 해답을 찾을 때까지 연구를 계속했다.

그래서 아르키메데스는 매일같이 그 금에 대해 생각하면서 왕관에 해를 입히지 않고서 검사해 볼 방법을 찾아내려고 노력했다.

어느 날 아침, 그는 목욕할 준비를 하면서 이 문제를 생각하고 있었다. 커다란 목욕통에는 꼭대기까지 물이 가득 차 있어서 그가 발을 들여놓자 일정한 양의 물이 돌로 된 마루 바닥에 흘러넘쳤다. 비슷한 일을 지금까지 백 번도 더 경험했지만 아르키메데스가 그것에 관해 생각해 보기는 이번이 처음이었다.

'내가 이 통 속으로 들어감으로써 어느 정도의 물이 넘쳐흘렀지?'

'내가 내 몸의 부피만한 양의 물을 넘치게 했다는 것은 누구라

도 알 수 있다……. 내 몸의 반쯤 되는 크기의 사람이 들어가면 반 만큼의 물이 흘러 넘칠 것이다…….'

'그렇다면 가령, 내가 통에 들어가는 대신 하이어로 왕의 왕관을 넣는다면 왕관과 같은 부피의 물이 넘칠 것이다. 아, 가만있자! 금은 은보다 훨씬 무겁지. 십 파운드의 순금은, 칠 파운드의 순금에 삼 파운드의 은을 섞은 것과는 부피가 같지 않을 것이다. 만약 하이어로 왕의 왕관이 순금이라면 그것은 다른 십 파운드의 순금이 넘치게 하는 만큼의 물을 넘치게 할 것이다. 그러나 만약 그것이 일부는 금이고 일부는 은이라면 더 많은 양의 물을 넘치게 할 것이다'

"마침내 알아냈다! 유레카! 유레카!"

그는 다른 것은 모두 잊어버린 채 목욕탕에서 뛰어나왔다. 그는 옷도 입지 않은 채로 거리를 지나 왕궁으로 달리며 외쳤다.

"유레카! 유레카!" 그것은 영어로 '알아냈다!'는 뜻이다.

왕관이 시험대에 올랐다. 왕관은 십 파운드의 순금보다 더 많은 양의 물을 넘치게 한다는 것이 밝혀졌다. 금 세공인의 죄가 의심할 여지없이 증명된 것이다. 그러나 그가 벌을 받았는지 안 받았는지는 알려져 있지 않다. 그러나 그것이 중요한 것이 아니다.

아르키메데스가 목욕탕에서 발견한 그 간단한 사실이야말로 하이어로 왕의 왕관보다도 세상 사람들에게 훨씬 더 가치가 있었던 것이다.

열셋

갈릴레오와 램프

약 삼백 년 전, 이탈리아에 갈릴레오라는 이름의 젊은이가 살았다. 아르키메데스처럼 그는 항상 생각하고 사물의 이치를 탐구했다.

그는 온도계와 단순한 형태의 망원경, 그리고 현미경을 발명하였다. 그는 과학 분야에서 많은 중요한 발견을 했다.

갈릴레오가 여덟 살 되던 해의 어느 날 저녁, 그는 램프에 불이 밝혀질 무렵 피사의 대성당 안에 있었다. 당시에는 기름을 사용해서 불을 밝히는 램프들을 긴 막대를 이용하여 천장에 매달아 놓았다. 그래서 램프에 불을 켜는 사람이 건드리거나 성당으로 바람이 불어올 때면 램프들은 시계추처럼 앞뒤로 흔들리곤 했다. 갈릴레오는 그러한 현상을 관심을 갖고 자세히 살펴보기 시작했다.

짧은 막대에 매달려 있는 램프는 긴 막대의 것보다 훨씬 빠르게 움직였다. 램프들이 앞뒤로 움직이는 것을 지켜보며 갈릴레오는 대단한 흥미를 느꼈다. 이전에 많은 사람들이 이런 식으로 흔들리는 램프들을 보았지만 아무도 그 현상과 관련해서 유용한 사실을 발견해 내려고 생각해 보지 않았었다.

성당에서 돌아와 자기의 방에서 갈릴레오는 실험을 시작했다. 그는 서로 다른 길이의 줄을 여러 개 가져다가 천장에 매달았다.

그런 다음 대성당의 램프처럼 손으로 일정한 힘을 주어서 건드려서 앞뒤로 흔들리도록 했다. 대성당의 막대가 그랬던 것과 똑같이 개개의 줄은 하나의 추가 되었다.

그는 오랜 연구 끝에 391/10인치 길이의 줄은 일 분에 꼭 60번 진동한다는 것을 알아냈다. 21/4 길이의 줄은 꼭 두 배로 빨리, 즉 1/2초에 한 번씩 진동하였다. 세 배로 빨리, 그러니까 1/3에 한 번씩 진동하려면 줄은 391/10인치의 꼭 1/9길이여야 했다.

다양한 방법의 실험을 통해서 갈릴레오는 결국 지금 우리가 갖고 있는 것과 같은 시계에 추를 다는 방법을 발견했다.

이처럼 대성당에서 흔들리는 램프를 그냥 지나치지 않고 항상 생각하고 탐구하는 갈릴레오의 습관 덕분에 세상은 보편적이고도 유익한 발명품 중의 하나인, 추가 달린 시계를 쓸 수 있게 된 것이다.

알프레드 왕과 과자

옛날 영국에 알프레드라고 하는 현명한 왕이 살았다. 어떤 왕도 그 왕만큼 조국을 위해 많은 공헌을 한 사람은 흔하지 않았다. 그래서 오늘날 전세계 사람들이 그를 알프레드 대왕이라고 칭송하고 있다.

그 당시 왕은 그다지 순탄한 생활을 누릴 수가 없었다. 거의 항상 전쟁이 일어났고, 전장에서 누구보다도 군대를 잘 이끌었던 알프레드 왕은 나라를 다스리랴 전투하랴 실로 분주한 시간을 보내야만 했다. 그 당시 덴마크 인이라는 사나운 민족이 바다를 건너와서 영국인들과 전투를 하고 있었다. 그들은 병력도 대단히 많았고 아주 용맹하고 억세었기 때문에, 오랜 시간 계속된 전투에서 거의 매번 승리하고 있었다. 만일 이렇게 그들의 승리가 계속된다면 머지 않아 그들이 영국을 점령하게 될 상황이었다.

마침내 대격전이 벌어진 후, 영국 군대는 격파되어 뿔뿔이 흩어졌다. 그들은 각자가 할 수 있는 최선의 방법으로 자신을 구해야만 했다. 알프레드 왕도 혼자서 숲과 늪을 통해 도주했다.

그날 늦게 왕은 어떤 나무꾼의 오두막에 도달했다. 매우 피곤하고 허기가 진 왕은 나무꾼의 아내에게 약간의 먹을 것과 잠자리를 부탁했다. 화로 위에 어떤 과자를 굽고 있던 나무꾼의 아내는 누더기를 걸치고 배고파 보이는 이 불쌍한 남자를 안쓰러운 눈으로 바라보았다.

"그러지요." 하며 그녀는 말했다.

"당신이 이 과자를 타지 않도록 지켜봐 주신다면 제가 저녁 식사를 준비하도록 하겠어요. 지금 저는 밖으로 나가서 소의 젖을 짜야 할 시간이에요. 제가 밖에 나가 있는 동안 당신은 과자가 타지 않도록 살펴봐 주세요."

알프레드 왕은 과자를 지켜보려 했지만 그에게는 깊이 생각해야 할 매우 중요한 일들이 있었다. 어떻게 자신의 군대를 다시 모을 것인가? 어떻게 해야 흉포한 덴마크 인들을 이 땅에서 몰아낼 것인가? 그는 배고픔도, 과자에 대해서도 잊고 자신이 나무꾼의 오두막에 있다는 사실조차도 잊어버렸다. 그의 마음은 내일을 위한 계획을 세우기에 바빴다.

얼마 후에 여인이 돌아왔다. 과자는 화로 위에서 연기를 피우며

타고 있었다. 파삭파삭하게 타버렸던 것이다.

아, 그녀는 얼마나 화가 났었는지!

"이 게으름뱅이야!" 그녀가 소리를 질렀다.

"당신이 한 짓 좀 보란 말이야! 너는 먹을 것을 원하면서도 일은 하기 싫어하는 놈이야!"

왕은 이렇게 호된 꾸지람을 들은 것을 생각하며 자신도 웃고 말았을 것이다. 하지만 배가 너무 고팠던 그는 여인의 화난 말보다는 과자가 타버린 것에 더 마음이 쓰였다.

왕이 그날 밤 뭐라도 얻어 먹었는지, 아니면 아무것도 먹지 못한 채 잠자리에 들었는지는 알 수 없다. 그러나 며칠이 지나지 않아서 그는 부하들을 다시 모았고, 큰 전투에서 덴마크 인들을 물리쳤다.

열다섯

알프레드 왕과 거지

한 번은 덴마크 인들이 알프레드 왕을 그의 왕국에서 쫓아냈다. 그래서 왕은 오랫동안 작은 섬에 숨어 지내야만 했다.

어느 날 섬에 있는 모든 사람들이 왕과 왕비 그리고 시종 한 사람만을 남겨 두고 고기잡이를 나갔다. 그곳은 너무 외딴 곳이어서 누구라도 배를 타지 않고서는 섬에 닿을 수가 없었다.

정오쯤에 누더기를 걸친 거지가 왕의 문 앞에 다가와서 음식을 구걸했다.

왕은 시종을 불러서 물었다.

"이 집에 음식이 얼마나 있는가?"

"왕이시여," 시종이 말했다.

"우리가 가진 것이라곤 한 덩어리의 빵과 약간의 포도주뿐입니

다."

그러자 왕은 신에게 감사하고 시종에게 말했다.

"이 불쌍한 사람에게 그 빵 반 덩어리와 포도주를 주어라."

시종은 명령에 따랐다.

거지는 왕의 친절에 감사하고는 제 길을 갔다.

오후에 고기잡이를 나갔던 사람들이 돌아왔다. 그들은 배 세 척에다 고기를 가득 싣고 와서 말했다.

"왕이시여! 우리가 이 섬에 온 이래로 오늘 가장 많은 고기를 잡았습니다."

왕은 기뻤다. 그와 신하들은 전보다 더 희망을 가지게 되었다.

밤이 되었다. 왕은 오랫동안 자지 않고 누운 채로 그날 일어났던 일들에 대해 생각하고 있었다.

문득 그는 태양처럼 강렬한 빛을 본 것 같은 느낌이 들었다. 그 빛 속에는 검은 머리의 노인 한 사람이 손에 책을 펴들고 서 있었다. 그것은 모두 꿈이었을 수도 있지만 왕에게는 너무도 생생하게 여겨졌다. 그는 놀랐지만 두렵지는 않았다.

"당신은 누구십니까?" 왕이 물었다.

"알프레드, 나의 아들아, 용기를 가져라." 하고 노인이 말했다.

"오늘 네가 가진 음식의 절반을 나누어 주었던 사람이 바로 나이니라. 기운을 내고 기쁜 마음으로 내가 하는 말을 들어라. 아침에 일찍 일어나 덴마크 인들이 들을 수 있을 만큼 뿔피리를 세 번 불어라. 아홉 시가 되면 오백 명의 사내들이 전투 준비를 갖추고 네 주위에 몰려들 것이다. 용감하게 출진하거라. 너의 군사들은 칠일 안에 적들을 물리칠 것이고, 너는 돌아가서 너의 왕국을 평화롭게 통치할 수 있을 것이다."

그런 다음 빛이 사라졌다. 노인의 모습도 볼 수 없었다.

왕은 아침 일찍 일어나 육지로 건너갔다. 그리고 뿔피리를 아주 크게 세 번 불었다. 그의 군사들은 뿔피리 소리를 듣고 기뻐했지만 덴마크 인들은 이상한 공포감이 엄습했다.

아홉 시가 되자 오백 명의 용감한 병사들이 전투 준비를 하고 그의 주위에 모였다. 왕은 자신이 꿈에서 보고 들었던 것을 병사들에게 말해 주었다. 이야기를 들은 병사들은 환호성을 질렀고, 왕을 따라서 있는 힘을 다하여 싸우겠노라고 맹세했다. 그들은 용감하게 전투에 임했고, 덴마크 인들을 물리쳐서 그들의 나라로 쫓아 보냈다. 그리고 알프레드 왕은 더 어질고 지혜롭게 백성들을 다스렸다.

디강의 방앗간 주인

옛날 디강의 언덕에 방앗간 주인이 살고 있었다. 그는 영국에서 가장 행복한 사람이었다. 그는 아침부터 밤까지 항상 바빴고 언제나 종달새처럼 즐겁게 노래를 불렀다. 그는 너무도 명랑해서 다른 사람들까지도 명랑하게 만들었다. 그래서 전국의 사람들이 그의 쾌활한 생활 방식에 관해 이야기하곤 했다. 마침내 왕도 그에 관한 말을 들었다.

"내가 가서 그 명랑한 방앗간 주인과 이야기해 보아야겠다. 아마도 그 사람은 행복해지는 비결을 알지도 모른다."

"나는 아무도 부러워하지 않아. 아무도!
나는 더할 수 없이 행복하니까.

그리고 아무도 나를 부러워하지 않지."

"그 말은 틀렸네." 하고 왕은 말했다.

"자네 말은 틀렸어. 난 자네가 부럽다네. 자네처럼 명랑해질 수만 있다면 자네와 지위를 바꾸어도 좋겠네."

방앗간 주인은 웃으며 왕에게 말했다.

"제가 임금님과 지위를 바꾼다는 것은 생각도 할 수 없는 일입니다."

"자, 말해 보게." 하고 왕이 말했다.

"나는 왕인데도 매일 슬프고 골치가 아픈데, 이 먼지투성이 방앗간에서 일하는 네가 유쾌하고 즐거운 것은 무엇 때문이냐?"

방앗간 주인은 다시 한 번 미소짓고는 말했다.

"임금님께서 왜 슬프신지는 잘 모르겠습니다만, 제가 기쁜 이유는 쉽게 말씀드릴 수 있습니다. 저는 제 힘으로 양식을 법니다. 저는 나의 아내와 아이들을 사랑합니다. 저는 친구들을 사랑하며 친구들도 저를 사랑합니다. 그리고 저는 누구에게도 아무런 빚이 없습니다. 무엇 때문에 제가 행복하지 않겠습니까? 이곳에는 디강이 있고 강물은 매일 제 방아를 돌려 줍니다. 그리고 이 방아는 아내와 아이들과 제가 먹고 살 곡식을 찧어 줍니다."

"그만." 하고 왕이 말했다.

"너는 이곳에 있으면서 계속 행복하거라. 나는 네가 부럽다. 너의 먼지투성이 모자는 내 황금관보다 더 가치 있고, 너의 방앗간은 내 왕국이 나를 위해 할 수 있는 것보다 더 많은 것을 네게 해주는 구나. 너 같은 사람이 많다면 세상은 얼마나 멋진 곳이 되겠느냐! 잘 있거라, 내 친구!"

왕은 돌아서서 슬프게 걸어갔다.

방앗간 주인은 다시 일하러 들어가며 행복한 콧노래를 불렀다.

열일곱

나폴레옹은 알프스를 어떻게 넘었는가

프랑스에 나폴레옹 보나파르트라는 이름의 위대한 장군이 살았다. 그는 프랑스 군대의 지도자였다.

그때 프랑스는 주변에 있는 거의 모든 나라들과 전쟁 중이었다. 그는 그의 군사들을 이끌고 이탈리아로 들어가기를 무척 열망하고 있었다. 그러나 프랑스와 이탈리아 사이에는 알프스라고 불리는 높은 산이 있었고 그 꼭대기는 눈으로 덮여 있었다.

"알프스를 넘어가는 것이 가능할까?" 하고 나폴레옹이 물었다.

산을 넘어가는 길을 보고 온 사람들은 고개를 저었다. 그중 한 사람이 말했다.

"가능할 것도 같습니다. 하지만……."

"그 이상은 들을 필요 없다." 하고 나폴레옹은 말했다.

"이탈리아로 진군!"

사람들은 육만 명의 군대가 길도 없는 알프스를 넘어간다는 발상을 비웃었다. 그러나 나폴레옹은 모든 준비가 끝나기만을 기다렸다가 곧 진군하라는 명령을 내렸다.

군인과 말과 대포의 긴 행렬이 이십 마일이나 이어졌다. 그들이 나아갈 길이 없어 보이는 가파른 장소에 이르자 "돌격!" 하고 나팔 소리가 울렸다.

그러자 모든 사람들이 각자 최선을 다했으며 전군이 곧바로 전진해 나아갔다.

얼마 후 그들은 무사히 알프스를 넘었다. 나흘 만에 그들은 이탈리아의 평원을 진군하게 되었다.

"승리하고자 마음먹은 사람은 결코 '불가능'이라 말하지 않는다."라고 나폴레옹은 말했다.

코르넬리아의 보석

수백 년 전 고대 로마 도시의 어느 아침이었다. 아름다운 정원의 포도 덩쿨로 덮인 정자에 두 소년이 서 있었다. 그들은 꽃과 나무들 사이를 거닐고 있는 그들의 어머니와 어머니의 친구를 바라보고 있었다.

"형은 우리 엄마의 친구처럼 아름다운 부인을 본 적이 있어?" 하고 동생이 자기보다 큰 형의 손을 잡고 물었다.

"마치 여왕님 같아 보이는걸."

"그렇지만 저 부인도 우리 엄마만큼 아름답지는 않아. 저분이 멋진 옷을 입고 있는 건 사실이야. 하지만 얼굴은 고상하지도 친근하지도 않아. 여왕님 같은 분은 우리 어머님이야."

"맞는 말이야." 하고 동생이 말했다.

“우리의 소중한 어머니만큼 여왕님 같은 여자는 로마에 없어.”

이윽고 그들의 어머니인 코르넬리아가 아들들과 이야기하려고 산책로를 걸어 내려왔다. 당시의 습관대로 소년들의 어머니는 아주 평범한 소박한 복장을 입고 있었고 손과 목에는 번쩍이는 반지도 목걸이도 없었다. 그녀의 유일한 치장이라면 부드러운 갈색 머리를 길게 땋아 놓은 것이 전부였다. 그리고 두 아들의 자랑스러워하는 눈을 바라보자 그녀의 얼굴에서 우아하고 부드러운 미소가 빛났다.

“애들아, 너희에게 할 말이 있단다.” 하고 그녀는 말했다.

그 소년들은 공손하게 어머니에게 인사를 하고 나서 물었다.

“무엇인데요, 어머니?”

“너희는 오늘 이 정원에서 우리와 함께 식사하게 되었다. 그런 다음 너희가 자주 들어서 알고 있는 그 훌륭한 보석상자를 내 친구가 우리에게 보여 줄 예정이란다.”

형제는 어머니의 친구를 수줍어 하면서 바라보았다. 부인은 몸에 치장한 보석들 외에도 귀하고 아름다운 보석을 많이 갖고 있었던 것이다.

정원에서의 간단한 식사가 끝나자 한 하인이 집 안에서 보석함을 가지고 나왔다. 그가 보석함을 열었다.

아, 그 보석들은 소년들의 두 눈을 얼마나 부시게 했는지! 보석함 안에는 우유처럼 하얗고 공단처럼 부드러운 진주가 여러 줄 있

었고, 달아오른 석탄처럼 붉게 빛나는 루비 더미와 그 여름날 하늘처럼 새파란 사파이어, 그리고 태양처럼 빛나며 반짝이는 다이아몬드가 잔뜩 들어 있었다.

형제는 눈부시게 빛나는 보석들을 바라보았다.

"아, 우리 어머니가 이렇게 아름다운 보석들을 가질 수 있다면!" 하고 동생이 말했다.

이윽고 보석함은 닫혀져 조심스럽게 안으로 옮겨졌다.

"코르넬리아, 당신이 보석을 전혀 가지고 있지 않다는 게 사실이에요?" 하고 친구가 물었다.

"당신이 가난하다고들 수근거리는데 사실인가요?"

"아니에요. 저는 가난하지 않답니다." 하고 코르넬리아가 대답했다.

그렇게 말하면서 그녀는 두 아들을 옆으로 끌어당겼다.

"이 애들이 제 보석이기 때문이죠. 이 애들은 이 세상의 어떠한 보석보다 더 가치가 있답니다."

두 소년은 훗날 로마의 훌륭한 재상과 사업가로 이름을 날렸다. 두 소년은 자라면서 그들 어머니의 긍지와 사랑과 보살핌을 결코 잊지 않았을 것이라고 확신한다. 그리고 나중에 그들이 로마의 위대한 인물이 되었을 때 그들은 정원에서의 이 장면을 자주 떠올렸을 것이다. 그래서 지금까지도 세상 사람들은 코르넬리아의 보석 이야기를 좋아한다.

열아홉

앤드로클러스와 사자

옛날 로마에 앤드로클러스라는 가엾은 노예가 있었다. 그의 주인은 잔인한 사람이어서 그에게 너무도 못되게 굴었고, 그 때문에 앤드로클러스는 도망을 치게 되었다.

그는 며칠 동안 울창한 숲 속에 숨어 있었다. 그러나 숲 속에서는 먹을 것을 찾을 수가 없었다. 그래서 그는 점점 쇠약해졌고 병이 나서 곧 죽게 될 것만 같았다. 그러던 어느 날, 그는 동굴 속에서 곤한 잠에 떨어졌다.

얼마 후 굉장히 큰소리가 그를 깨웠다. 사자 한 마리가 동굴로 들어와서 으르렁거리고 있었다. 앤드로클러스는 매우 겁이 났다. 그 짐승이 틀림없이 자기를 잡아먹을 것이라고 생각했기 때문이었다. 그러나 곧 그는 사자가 화난 것이 아니라, 발에 상처가 있어서

절룩거리고 있다는 것을 알았다.

그 사실을 알아챈 앤드로클러스는 매우 대담해져서 사자의 절룩거리는 발을 붙잡고 이리저리 살펴보았다. 사자는 가만히 서서 머리를 그의 어깨에 비볐다. 사자는 이렇게 말하는 듯했다.

'나는 당신이 나를 도와주리라는 것을 알고 있습니다.'

앤드로클러스는 땅에서 사자의 발을 들어올려 보고, 사자를 그토록 아프게 한 것이 긴 뾰족한 가시라는 것을 알았다. 그가 가시의 끝을 손가락으로 잡고는 힘껏 재빨리 당겼더니 가시가 밖으로 나왔다. 사자는 기뻐 어쩔 줄을 몰라했다. 사자는 마치 강아지처럼 깡충깡충 뛰며 자기의 새로운 친구의 손발을 핥았다.

앤드로클러스는 그 후 사자가 전혀 무섭지 않았다. 그래서 밤이 되면 그는 사자와 나란히 누워 잠을 잤다.

오랫동안 그 사자는 앤드로클러스에게 매일 먹을 것을 가져다주었다. 그래서 둘은 좋은 친구가 되었고, 앤드로클러스는 자기의 생활이 아주 행복하다고까지 느꼈다.

그러던 어느 날, 숲을 지나가던 병사들 몇 명이 동굴 속에 있는 앤드로클러스를 발견했다. 그리고 로마로 끌고 갔다.

당시의 법률은, 주인에게서 도망친 노예는 배고픈 사자와 싸우지 않으면 안 되도록 되어 있었다. 그래서 며칠 동안 굶주린 사자 한 마리가 우리에 갇혀 있었고 싸우는 날도 미리 정해져 있었다.

마침내 그날이 되자 수천 명의 사람들이 그 경기를 보러 몰려들었다. 당시 사람들은 요즘의 서커스나 야구 경기를 보러 가듯이 그런 구경을 하러 자주 갔었다.

문이 열리고 가엾은 앤드로클러스가 끌려 나왔다. 그는 벌써부터 사자의 울부짖는 소리에 잔뜩 겁에 질려 거의 초주검이 되었다. 눈을 들어 보았지만, 그를 둘러싸고 있는 수천 명의 얼굴에서 동정하는 기색은 전혀 찾아볼 수 없었다.

그때 굶주린 사자가 뛰어들어왔다. 사자는 한 번 껑충 뛰어서는 그 불쌍한 노예에게로 다가왔다. 앤드로클로스는 큰 함성을 질렀다. 그러나 그것은 공포가 아닌 기쁨의 함성이었다. 그 사자는 바로 그의 옛 친구인 동굴 속의 사자였던 것이다.

앤드로클러스가 사자에게 잡아먹히는 장면을 보게 되리라고 기대했던 사람들은 깜짝 놀랐다. 그들은 앤드로클러스가 두 팔로 사자의 목을 껴안는 것을 보았고, 사자가 그의 발아래에 누워 사랑스럽게 그의 발을 핥는 것을 보았다. 그들은 또 그 커다란 짐승이 마치 애무를 받고 싶다는 듯이 노예의 얼굴에 자기의 머리를 비비는 것을 보았다. 사람들은 도대체 어찌 된 영문인지 이해할 수 없었다.

잠시 후 사람들은 앤드로클러스에게 어찌된 일인지 자초지종을 물었다.

그래서 그는 그들 앞에 서서 사자의 목에 두 팔을 두르고 그가 어떻게 사자와 한 동굴에서 함께 살았는지를 말했다.

"나는 인간입니다. 그러나 누구 하나 내 친구가 되어 주는 사람은 없었습니다. 이 가엾은 사자만이 제게 친절하게 해주었습니다. 그래서 우리는 서로를 형제처럼 사랑했습니다."

사람들은 이 불쌍한 노예에게 더 이상 잔인하게 대하지 않았다.

"살아서 자유롭게 해주자! 살아서 자유롭게 해주자!" 하고 그들은 외쳤다.

또 이렇게 외쳤다.

"사자도 자유롭게 놓아주자! 둘 다 자유롭게 해주자!"

그래서 앤드로클러스는 자유롭게 되었고, 사자는 그의 소유물로 주어졌다. 그래서 둘은 로마에서 오랫동안 자유롭게 살았다.

스물

줄리어스 시저

이천 년 전 로마에 줄리어스 시저라는 사람이 살았다. 그는 모든 로마인들 가운데에서 가장 위대한 사람이었다.

왜 그는 그렇게 위대했을까?

그는 용감한 군인이었으며 로마를 위해 많은 나라를 정복했다. 그는 계획하고 실행하는 데 있어서 현명했다. 그는 사람들로 하여금 자기를 사랑하는 동시에 무서워하도록 할 줄 알았다.

결국 그는 로마의 통치자가 되었다. 몇몇 사람들은 그가 왕이되고 싶어한다고 말했다. 그렇지만 당시 로마인들은 왕이란 걸 좋다고 생각하지 않았다.

한 번은 시저가 작은 시골 마을을 지나가고 있었는데, 그 마을의 모든 남자와 여자, 어린아이들이 그를 보려고 나왔다. 그들은

모두 합쳐 봐야 오십 명도 안 되었다. 그들은 촌장에 의해 통솔되었으며, 촌장은 그들 각자에게 어떻게 해야 하는가를 지시했다.

이 소박한 사람들은 길가에 서서 시저가 지나가는 것을 지켜보았다. 촌장은 매우 긍지에 차 있었고 행복해 보였다. 그도 그럴 것이, 그는 이 마을의 통치자가 아니던가? 그는 자신이 거의 시저만큼이나 위대한 사람이라고 여기는 것 같았다.

시저와 함께 있던 높은 장교 몇 명이 웃었다. 그들은 이렇게 말했다.

"저 친구, 몇 안 되는 시골의 지도자라고 거들먹거리는 꼴 좀 봐!"

하지만 시저는 말했다.

"자네들이 아무리 비웃어도 그는 자랑할 만한 이유가 있는 거야. 나는 로마에서 둘째가는 사람이 되느니 차라리 한 마을의 우두머리가 되겠네!"

또 한 번은 시저가 작은 배를 타고 좁은 해협을 건너고 있었다. 그런데 바다에 심한 폭풍우가 몰아쳤다. 바람이 심하게 불고 파도가 높게 일었다. 번개가 번쩍거리고 천둥도 쳤다.

시저가 탄 작은 배는 금방이라도 가라앉을 것만 같았다. 선장은 대단히 겁에 질렸다. 그는 전에도 그 바다를 여러 번 건넜었지만 이런 폭풍우는 처음이었다. 그는 두려움에 몸을 떨었다. 그는 배를 몰 수가 없었다. 그는 무릎을 꿇고 탄식하였다.

"모든 게 끝장이로구나! 모든 게 끝장이야!"

그러나 시저는 두려워하지 않았다. 그는 선장에게 일어나서 다시 노를 잡으라고 명령했다.

"왜 겁을 내는가?" 하고 그는 말했다.

"배는 침몰하지 않을 것이다. 왜냐하면 이 배 안에는 시저가 타고 있기 때문이다."

시저는 자신에 대한 믿음과 자긍심이 대단한 사람이었다.

다모클레스의 칼

옛날 디오니시우스라는 이름의 왕이 있었다. 그는 매우 부당하고 잔인했기 때문에 폭군의 이름을 얻게 되었다. 그는 거의 모든 사람이 자기를 미워한다는 것을 알고 있었다. 그래서 누군가가 자기의 생명을 빼앗지 않을까 하여 항상 두려워하고 있었다.

그러나 그는 대단한 권력을 가진 야심가였기 때문에 아름답고 값진 물건들이 많이 있는 멋진 궁전에 살면서 언제라도 그의 명령을 시행할 준비가 되어 있는 많은 하인들의 시중을 받고 있었다. 하루는 다모클레스라는 사람이 그에게 말했다.

"왕께서는 얼마나 행복하십니까! 모든 사람이 원하는 것을 모두 갖고 있으니 말입니다."

"자네는 아마도 나와 지위를 바꾸고 싶은 모양이지."

"아니, 그런 건 아닙니다." 하고 다모클레스는 말했다.

"하지만 저는 왕의 재산과 즐거움을 하루만이라도 가질 수 있다면 더 이상의 행복은 바라지 않겠습니다."

"좋아. 그것들을 갖도록 하게."

그래서 다음날 다모클레스는 궁전에 불려갔고, 모든 하인들이 그를 자기의 주인으로 대접하도록 명령을 받았다. 그는 연회장의 테이블에 앉았고, 풍성한 음식이 그 앞에 놓여졌다. 모든 것이 그에게 즐거움을 줄 수 있는 것으로 갖춰졌다. 비싼 술, 아름다운 꽃들, 진귀한 향수와 즐거운 음악이 나왔다. 그는 푹신한 방석에 편히 앉아 자기가 세상에서 가장 행복한 사람이라고 느꼈다.

그러다가 우연히 그는 천장으로 고개를 들어보았다. 그 끝이 머리에 닿을 정도로 위태롭게 매달려 있는 것은 무엇인가? 뾰족한 칼이 단 한 가닥의 말 털에 매달려 있었다. 만약 그 털이 끊어진다면 어떻게 될 것인가? 항상 언제 어떻게 될지 모르는 위험이 도사리고 있었다.

다모클레스의 입술에서 미소가 사라졌다. 그의 얼굴은 잿빛으로 창백해졌다. 손이 떨렸다. 더 이상 음식도 먹고 싶지가 않았다. 더 이상 술도 마실 수 없었다. 음악도 더는 즐겁지가 않았다. 그는 당장 이 궁전을 빠져나가 도망가고 싶었다. 그곳이 어디든간에 개의치 않았다.

"무슨 일이 있나?" 하고 폭군이 물었다.

"저 칼! 저 칼!" 하고 다모클레스가 소리쳤다. 그는 너무도 겁에 질려 있어서 움직일 생각도 못했다.

"그래." 하고 디오니시우스가 말했다.

"나는 머리 위에 칼이 있으며, 그것이 언제라도 떨어질 수 있다는 걸 알고 있네. 하지만 그게 무슨 문제란 말인가? 내 머리 위에는 항상 칼이 있는 걸. 나는 언제나 어떤 일로 목숨을 잃게 되지 않을까 두려워하고 있다네."

"저를 보내 주십시오." 하고 다모클레스는 말했다.

"이제야 제가 잘못 생각했다는 것을, 부자나 권력 있는 사람이 겉보기처럼 행복하지만은 않다는 것을 알았습니다. 저를 산 속에 있는 초라하고 작은 내 오두막 집으로 보내 주십시오."

그래서 그는 살아 있는 동안에 더는 큰 부자가 되고 싶다든가, 혹은 잠깐이라도 왕과 지위를 바꾸고 싶은 생각은 하지 않게 되었다.

스물둘

포카혼타스

옛날에 존 스미스라는 매우 용감한 사람이 있었다. 그는 오래 전에 이 나라에 왔는데, 그때에는 도처에 큰 숲들이 있었고 거친 들짐승과 인디언도 많았다. 그의 모험에 관해 많은 이야기들이 전해지고 있지만 그것들 중 어떤 것은 사실이고 어떤 것은 꾸며낸 이야기이다.

그에 관한 이야기 중 가장 유명한 것이 다음의 이야기이다.

하루는 스미스가 숲 속에 있는데 갑자기 인디언들이 나타나 그를 포로로 삼았다. 그들은 자기들의 추장에게로 데려갔고 곧 그를 처형할 준비를 했다. 커다란 돌 하나가 들려져 왔으며 스미스는 그 돌 위에 머리를 올려놓은 채 눕혀졌다. 그러자 인디언 둘이 손에 큼직한 곤봉을 들고 앞으로 나왔다. 추장과 참모들이 처형 장면을

보기 위해 둘러섰다. 두 인디언은 곤봉을 치켜들었다. 다음 순간이면 스미스의 머리 위로 곤봉이 떨어질 찰나였다.

그러나 바로 그때, 작은 인디언 소녀가 달려들었다. 소녀는 추장의 딸이었으며 이름은 포카혼타스였다. 소녀는 스미스와 치켜든 곤봉 사이로 뛰어들어 스미스의 머리를 두 팔로 끌어안았다. 그리고 자신의 머리를 스미스의 머리 위에 얹었다.

"오, 아버지! 이 사람을 살려 주세요. 이 사람이 아버지께 아무런 해도 끼치지 않았잖아요. 우리는 이 사람의 친구가 되어야 해요."

곤봉을 든 두 사람은 내리칠 수가 없었다. 추장은 처음에는 어찌 해야 할지를 몰랐다. 그런 다음 그는 자기의 용사들에게 말했다.

"그 백인을 풀어 주고 무사히 보내 주도록 하라."

그들은 스미스를 일으켜 세웠다. 그들은 그의 팔목과 발을 묶은 줄을 풀어 주고, 그를 자유롭게 해주었다.

다음날 추장은 스미스를 집으로 보내 주었다.

그 사건이 있은 후부터 포카혼타스는 살아 있는 동안 백인들의 친구가 되어 그들을 돕기 위해 대단히 많은 일을 했다.

해변의 커뉴트 왕

알프레드 대왕의 시대가 지난 수십 년 후, 영국에 커뉴트라는 왕이 나라를 통치하고 있었다. 커뉴트 왕은 덴마크 인이었다. 그러나 덴마크 인들은 그들이 알프레드 왕과 교전하던 때만큼 포악하고 잔인하지는 않았다.

커뉴트 왕을 보좌하고 있는 대신들은 항상 왕에게 아첨을 떨었다.

"왕께서는 지금까지 살았던 모든 사람들 가운데서 가장 위대하십니다."

"오, 왕이시여! 당신처럼 훌륭한 분은 결코 없을 것입니다."

"위대하신 커뉴트 왕이시여, 이 세상에서 당신의 명령에 복종하지 않을 것은 아무것도 없습니다."

그러나 왕은 분별력 있는 사람으로 이런 말들을 매우 싫어했다.

하루는 왕이 그의 신하들과 함께 해변으로 나갔다. 신하들은 늘상 하던 대로 왕을 칭송하고 있었다. 왕은 지금이야말로 신하들의 버릇을 고쳐 주어야 할 때라고 생각했다. 그래서 그는 신하들에게 그의 의자를 바닷물 근처의 해변에 놓도록 명했다.

"내가 이 세상에서 가장 위대한 사람인가?" 하고 왕이 물었다.

신하들은 이렇게 외쳤다.

"오, 왕이시여! 당신만큼 위대한 인물은 아무도 없습니다."

"만물이 나에게 복종한다고?" 왕이 물었다.

"오, 왕이시여! 왕께 복종하지 않을 것은 아무것도 없습니다. 온세상 만물이 왕 앞에서는 머리를 숙이며 경의를 표합니다."

"바다가 나에게 복종할까?" 하고 왕이 물었다. 그리고 그는 발아래의 모래사장에 찰랑거리는 잔잔한 파도를 내려다보았다.

어리석은 신하들은 당황했지만, "아닙니다."라고 감히 말을 할 수가 없었다.

"오, 왕이시여! 바다에게 명령해 보십시오, 그러면 복종할 것입니다." 하고 한 신하가 말했다.

"바다여, 내가 너에게 명하노니 더 이상 오지 말아라! 파도여, 그만 멈추어라. 내 발을 감히 건드리지 말아라!" 하고 커뉴트가 외쳤다.

그러나 파도는 항상 밀려오던 것과 똑같이 여전히 밀려왔다. 바닷물은 점점 더 높이 올라왔다. 그리하여 바닷물은 마침내 왕의 의자에까지 밀려와서 발뿐만 아니라 예복까지 적시고 말았다.

신하들은 놀란 나머지 왕이 미친 것이 아닌가 생각하며 그의 둘레에 서 있었다.

그러자 커뉴트 왕은 왕관을 벗어 모래 위에 던지며 말했다.

"나는 다시는 왕관을 쓰지 않겠다. 그리고 나의 신하들이여, 너희는 지금 본 것에서 교훈을 얻도록 하라. 전능한 왕은 오직 한 분뿐이시다. 그분은 손바닥으로 대양을 움켜쥐고 바다를 지배하신다. 너희가 섬기고 받들어야 할 분은 그분이시다."

스물넷

정복왕 윌리엄의 왕자들

옛날 영국에 정복왕 윌리엄이라고 불리는 위대한 왕이 있었는데, 그에게는 왕자가 셋 있었다.

하루는 윌리엄 왕이 무엇인지 큰 슬픔에 잠겨 있는 듯 보였다. 그래서 곁에 있던 현인들이 무슨 일이 있느냐고 왕에게 물었다.

"나는 내가 죽은 다음에 내 아들들이 어떻게 해 나갈까를 생각 중이네." 하고 왕이 말했다.

"왜냐하면 그들이 지혜롭고 강하지 않다면 나는 내가 죽은 뒤에 세 왕자 중에서 누가 왕이 되어야 할지 알 수가 없지 않은가?"

"오, 왕이시여!" 하고 현인들이 말했다.

"만약 저희가 왕자들이 무엇을 가장 숭배하는지만 알 수 있다면, 장차 어떤 사람이 될지 알 수 있을 것입니다. 왕자님 각자에게 몇 가지 질문을 해본다면 알아낼 수 있을 것입니다.”

“그 계획은 최소한 시험해 볼 만한 가치가 있겠군. 왕자들을 자네들 앞에 불러다가 필요한 질문을 해보게.” 하고 왕이 말했다.

현인들은 잠시 동안 서로 의논했다. 그런 다음 왕자들을 한 명씩 불러서, 각자에게 동일한 질문을 하자는 것에 의견의 일치를 보았다.

첫 번째로 방에 들어온 왕자는 로버트였다. 그는 키가 크고 고집이 센 왕자였다. 그래서 그의 별명은 쇼트 스토킹이었다.

“왕자님.” 한 현인이 말했다.

“다음 질문에 대답해 주십시오. 만약 왕자님이 사람이기보다는 새가 되는 것이 하나님의 뜻이라면, 어떤 새가 되고 싶으십니까?”

“매요.” 로버트가 대답했다.

“저는 매가 되고 싶습니다. 왜냐하면 매는 다른 새들보다 대담하고 용맹한 기사를 연상시키기 때문입니다.”

다음은 동생 윌리엄이 들어왔다. 그는 부왕과 같은 이름이었고 귀염둥이였다. 그의 얼굴은 쾌활하고 둥글게 생겼으며, 머리가 빨갛기 때문에 루프스, 즉 ‘빨강둥이’라는 별명이 있었다.

“왕자님, 다음 질문에 답해 주십시오. 만약 왕자님이 하느님의 뜻에 따라 사람이 아니라 새가 되어야 한다면 어떤 새가 되고 싶으십니까?”

“독수리요.” 하고 윌리엄이 대답했다.

"나는 독수리가 되겠습니다. 왜냐하면 독수리는 힘이 세고 용감하니까요. 다른 새들은 모두 독수리를 무서워합니다. 그러니까 독수리는 모든 새들의 왕인 것입니다."

마지막으로 막내인 헨리가 침착하고 생각에 잠긴 얼굴로 조용히 들어왔다. 그는 어렸지만 학문에 열중했기 때문에 별명은 보크레어, 다시 말해서 '잘생긴 학자'였다.

"왕자님." 하고 현인이 말했다.

"다음 질문에 대답해 주십시오. 만약 왕자님이 사람이 아니라 새가 되는 것이 하느님의 뜻이라면 어떤 새가 되시겠습니까?"

"찌르레기요." 헨리가 대답했다.

"나는 찌르레기가 되겠어요. 왜냐하면 찌르레기는 행실이 바르고 친절하며, 그 새를 보는 사람에게 기쁨을 줍니다. 또 이웃을 강탈하거나 학대하지 않습니다."

현인들은 잠시 의논을 했다. 그래서 의견의 일치를 보고 나서 왕에게 보고했다.

"저희는 알아냈습니다. 첫 번째 왕자인 로버트는 용감하고 대담할 것입니다. 그는 위대한 일을 몇 가지 해서 유명해질 것입니다. 그렇지만 결국에 가서는 적들에게 져서 옥사하게 될 것입니다. 두 번째 왕자인 윌리엄은 독수리와 같이 용맹스럽고 강할 것입니다. 그러나 잔인한 행동으로 인해 두려움과 미움을 사게 될 것입니다. 그는 사악한 생활을 한 끝에 치욕적인 죽음을 당하게 될 것

입니다. 막내 아들인 헨리는 지혜롭고 사려가 깊으며 평화를 사랑할 것입니다. 그는 나라 안에서는 사랑을 받을 것이며, 나라 밖에서는 존경을 받게 될 것입니다. 그는 많은 영지를 얻은 후에 영예롭게 죽을 것입니다."

세월이 흘러 세 왕자는 어른이 되었다. 윌리엄 왕은 다시 한 번 왕자들이 어떻게 될지를 생각해 보았다.

그는 로버트에게는 자기가 프랑스에서 지배하고 있던 땅을 갖게 하고, 윌리엄에게는 영국의 왕이 되도록 했으며, 헨리에게는 땅은 조금도 주지 않고 단지 금이 든 상자 하나만을 상속했다.

훗날, 현인들이 예언했던 것과 아주 비슷한 결과가 발생했다. 쇼트 스토킹 로버트는 자기가 그토록 숭배하던 매같이 무모할 만큼 대담했다. 그는 부왕이 물려준 땅들을 모두 잃고, 결국은 포로가 되어 죽을 때까지 옥살이를 했다.

빨강둥이 윌리엄은 너무나 포악하고 잔인했기 때문에 모든 국민들에게서 두려움과 미움을 받았다. 그는 사악한 생활을 하다가 숲 속에서 사냥을 하던 중 부하에게 살해당했다.

그리고 잘생긴 학자 헨리는 자신에게 주어진 금 상자만이 아니라, 부하들의 추대에 의해서 영국의 왕이 되었고, 부왕이 프랑스에서 지배하던 땅들까지도 모두 찾아 지배하게 되었다.

스물다섯

검은 더글라스

로버트 브루스 왕 시절, 스코틀랜드에 더글라스라는 이름의 용감한 사람이 살았다. 그는 머리와 턱수염이 검고 길었으며 얼굴도 햇볕에 타서 검었으므로 사람들은 그에게 검은 더글라스라는 별명을 붙여 주었다. 그는 왕의 좋은 친구였고 가장 유력한 협력자의 한 사람이었다.

브루스를 스코틀랜드로부터 몰아내려는 영국인들과 벌인 전쟁에서 검은 더글라스는 많은 무공을 세웠다. 그래서 영국인들은 그를 매우 두려워하게 되었다. 점차 그에 대한 두려움은 전국으로 퍼져 나갔다.

검은 더글라스가 가까이 있다고 말하는 것보다 영국 소년에게 무서운 말은 없었다. 어린아이들이 말을 듣지 않을 때 어머니들은 검은 더글라스가 데려간다고 말하곤 했다. 그럴 때면 신기하게도 어린아이들은 고분고분하고 말을 잘 듣곤 했다.

스코틀랜드는 전쟁 초기에 영국에게 빼앗긴 큰 성이 하나 있었다.

스코틀랜드 병사들은 그 성을 되찾고 싶었다. 그래서 더글라스와 그의 부하들은 어느 날 어떻게 해야 될 것인가를 알아보려고 그 성으로 갔다. 그날은 일요일이었기 때문에 성안에 있던 영국 군인들은 대부분 먹고 마시며 즐거운 시간을 보내고 있었다. 그러나 그들은 스코틀랜드 병사들이 불의에 습격하지 못하도록 성벽에 파수병들을 세워 두었다. 그래서 성안의 영국 군인들은 매우 안전하다고 느끼고 있었다.

저녁이 되어 어둠이 깔릴 무렵 한 병사의 아내가 아이를 팔에 안고 성벽으로 올라갔다. 그녀는 성 아래 들판을 보다가 몇 개의 검은 물체가 성 밑을 향해 움직이는 것을 보았다. 수상히 여긴 그녀는 성문 앞에서 보초를 서던 파수병에게 이 사실을 알렸다.

"흥, 흥." 하며 파수병들은 말했다.

"겁낼 것 없어요. 저것들은 농부의 소들인데 집을 찾아가고 있는 중이에요. 농부도 휴일을 즐기느라 소들을 집으로 몰고 가는 것을 잊은 겁니다. 만일 검은 더글라스가 아침이 되기 전에 이 길에 나타난다면 그는 자신의 부주의를 후회하게 될 것입니다. 우리가 이렇게 철저하게 지키고 있으니까."

그러나 그 시커먼 물체들은 가축이 아니었다. 손과 발을 땅에 짚고 성벽 밑을 향해 기어오고 있는 검은 더글라스와 그의 부하들이었다. 그들 중 일부는 풀밭으로 사다리를 질질 끌고 오고 있었다. 그들은 곧 성벽 꼭대기로 기어오를 계획이었다. 영국 군인들은 꿈에도 그들이 이렇게 가까운 곳에 있으리라고는 생각하지 못했다.

그 부인은 그들이 성벽 모퉁이를 돌아서 보이지 않게 될 때까지 지켜보고 있었다. 그녀는 두렵지 않았다. 왜냐하면 어둑한 황혼 속에서 그들은 정말 소처럼 보였기 때문이었다. 잠시 후 그녀는 어린 아이에게 노래를 불러 주기 시작했다.

"울지 마라, 울지 마라, 귀여운 아가야.
울지 마라, 울지 마라, 칭얼대지 마라,
검은 더글라스에게는 주지 않을 테니."

그때 갑자기 그녀 뒤에서 거친 목소리가 들려왔다.
"그 일에 대해서 함부로 확신하지 마시오."
그녀가 돌아보니 거기엔 다름 아닌 더글라스가 서 있었다. 그와 동시에 스코틀랜드 병사 하나가 사다리를 기어올라 성벽 위로 뛰어왔다. 병사들이 연이어 올라오는 바람에 성벽 위는 순식간에 스코틀랜드 병사들로 가득 찼다. 성벽 여기저기에서 치열한 전투가 벌어졌다. 그러나 영국군은 불의의 기습을 받고 당황한 터라 제대로 싸워 보지도 못했다. 많은 영국군이 죽고 검은 더글라스와 그의 병사들은 원래 그들의 것이었던 성을 되찾았다.

검은 더글라스는 그 부인과 어린아이를 해치지 않았다.

얼마 후, 그들은 영국으로 되돌아갔다.

하지만 상상할 수도 없는 놀라움과 공포를 경험한 그 부인이 검은 더글라스에 관한 노래를 더 부를 수 있었는지는 알 수가 없다.

고텀의 현명한 사람들

고텀 마을에 왕이 오고 있으며 마을을 지나가게 될 것이라는 소식이 전해졌다. 이 소식이 고텀 마을 사람들에게는 전혀 달갑지가 않았다. 그들은 왕을 미워했다. 왜냐하면 그들은 왕이 잔인하고 악한 사람이라는 것을 알고 있기 때문이었다. 만약 왕이 그 마을에 오게 되면, 그들은 왕과 그 신하들이 먹을 음식과 숙소를 마련해야 할 것이다. 그리고 혹 무엇이든 마음에 드는 것이 있으면 왕은 틀림없이 그것을 자기의 것으로 가져갈 것이다. 그들은 이 문제를 어떻게 해야 할까를 고민하였다.

또 그들은 이 문제를 논의하기 위해 함께 모였다.

"숲에 있는 커다란 나무들을 베어 넘어뜨려서, 마을로 들어오는 길이란 길은 모조리 막아 버리도록 합시다."

사람들 중 하나가 말했다.

"좋은 생각이오!" 하고 모두들 말했다.

그래서 그들은 도끼를 가지고 밖으로 나갔다. 그들은 마을로 이르는 모든 길을 통나무와 잡목들로 쌓아두었다. 왕의 기사들은 고텀으로 들어오려면 꽤 힘들 것이었다. 새로운 길을 만들거나 마을로 들어오려던 계획을 단념하고 다른 마을로 갈 수밖에 없었다.

길이 꽉 막혀 버린 것을 본 왕은 대단히 화가 났다.

"대체 누가 나무를 베어 넘어뜨려 내 길을 막았느냐?"

"고텀 사람들입니다." 하고 부하들이 대답했다.

"그렇다면, 고텀 놈들에게 가서, 내가 집정관을 그 마을로 보내 그놈들의 코를 모조리 베어 버리게 하겠다고 이르거라."

병사들은 서둘러 마을로 달려가서 왕의 말을 전했다.

모든 사람들이 소스라치게 놀랐다. 사람들은 집집마다 뛰어다니면서 이 소식을 전하고 어떻게 해야 좋을지를 서로 물었다.

"우리의 지혜로 왕이 마을에 들어오지 못하도록 했으니, 이제 우리의 지혜로 코를 잘리지 않도록 해야 할 것입니다."

"옳은 말이야, 옳은 말이야! 하지만 어떻게 하지?"

그러자 그들 중에서 가장 지혜롭다고 소문난 도빈이라는 이름의 사나이가 말했다.

"현명하기 때문에 벌을 받은 사람들은 많지만, 바보이기 때문에 해를 입었다는 사람의 이야기는 듣지 못했어. 그러니 왕의 집정관이 오면 모두들 바보 흉내를 내세."

"좋은 생각이오, 좋은 생각이야!" 하고 다른 사람들이 소리쳤다.

"모두 바보 흉내를 내는 거야."

왕의 부하들로서는 길을 뚫기가 쉽지 않은 일이었다. 그래서 부하들이 길을 트고 있는 동안 왕은 기다리는 데 지쳐서 런던으로 돌아갔다.

그러나 어느 날 아침 일찌감치 집정관은 한 무리의 사나운 병사들을 이끌고 숲을 통과하고 들판을 지나서 고팀을 향해 말을 달렸다. 마을에 도착한 그들은 이상한 광경을 보게 되었다.

노인들이 언덕 위로 큰 바위들을 굴려 올리고 있는데 젊은이들은 모두 방관만 하면서 큰소리로 불평을 하고 있었다.

집정관은 말을 멈추고, 그들이 무엇을 하고 있는지 물었다.

"우리는 태양을 떠오르게 하려고 언덕 위로 돌을 굴리고 있는 중입니다." 하고 노인들 중 하나가 말했다.

"이 바보들 같으니라구! 아무런 도움이 없이도 태양은 혼자 떠오른다는 것도 모르느냐?" 하고 집정관이 말했다.

"아, 그렇습니까? 정말이지 그런 건 몰랐는뎁쇼. 나리께선 정말 현명하시군요!"

"그런데 너희는 또 무엇을 하고 있는 거냐?"

이번에는 집정관이 젊은이들에게 물었다.

"예, 저희는 아버지들이 그 일을 하고 계시는 동안 중얼거리며 불평하고 있는 것입니다." 하고 그들이 대답했다.

"알았네." 하고 집정관이 말했다.

"세상의 일들이 이런 식으로 돌아가고 있다니." 하며 집정관은 마을을 향해 말을 달렸다.

그는 곧 많은 사람들이 돌담을 쌓고 있는 한 들판에 이르렀다.

"너희는 무엇을 하고 있느냐? 하고 집정관이 물었다.

"예, 나으리. 이 들판에 뻐꾸기가 한 마리 살고 있는데요, 그 새가 날아가 길을 잃지 않도록 주위에 담을 쌓고 있는 것입니다."

"이런 바보 같으니라구!" 하고 집정관은 말했다.

"너희가 아무리 담을 높게 쌓는다 해도 새는 담의 꼭대기를 넘어 날아간다는 것도 모르느냐?"

"아니오, 몰랐는데요. 우린 그런 것은 생각해 보지 못했습니다. 나리께선 대단히 현명하시군요!"

또 집정관은 등에 문을 지고 걸어가고 있는 사람을 만났다.

"너는 무엇을 하고 있는 것이냐?" 하고 물었다.

"저는 방금 긴 여행을 떠나는 길입니다." 그 남자가 대답했다.

"그런데 문은 왜 가지고 다니는 것이냐?"

"예, 집에다 돈을 두고 왔거든요."

"그렇다면 그 문도 집에 두고 오지 그랬느냐?"

"도둑이 걱정이 되어서요. 제가 문을 이렇게 갖고 있으면 도둑

놈이 문을 부수고 안으로 들어가지는 못할 것 아니겠습니까."

"이 바보 녀석아!" 하며 집정관이 말했다.

"문을 집에 두고, 돈을 가지고 가는 편이 더 안전하잖아."

"아, 그랬을까요? 아 참, 그런 건 전혀 생각도 못했는데요. 나으리는 제가 본 사람들 중에서 가장 현명하신 분입니다."

다시 집정관은 부하들과 함께 말을 달렸으나, 만나는 사람마다 무언가 어리석은 짓을 하고 있었다.

"정말로 고팀 사람들은 모두가 바보인 게 틀림없어." 하고 그들 중의 한 사람이 말했다.

"맞는 말이야." 하고 또 다른 사람이 말했다.

"이렇게 모자라고 어리석은 사람들을 처벌한다는 것은 부끄러운 일이야."

"런던으로 돌아가 왕께 이 일을 모두 말씀드리도록 하자."

"그래요, 그렇게 합시다."

그들은 그 길로 돌아가서 왕에게 고팀은 바보들이 사는 마을이라고 말했다.

그러자 왕은 웃으며 그것이 사실이라면 그들을 해치지 말고 코도 그대로 놔두겠다고 말했다.

스물일곱

아놀드 윙컬리드

합스부르크의 대군이 스위스 영토로 전진하고 있었다. 만약 그들이 더 깊이 침략해 온다면 다시 몰아낼 수도 없을 것이다. 군인들은 마을에 방화할 것이고, 농민들의 곡식과 양들을 약탈할 것이며, 스위스인들을 노예로 만들 것이다.

스위스의 남자들은 자신들의 집과 목숨을 지키기 위해 싸워야 한다는 것을 잘 알고 있었다. 그래서 그들은 조국을 지키기 위해 할 수 있는 일을 다하고자 산과 계곡으로부터 모여들었다. 어떤 사람들은 활과 화살을 가지고 왔고, 어떤 사람들은 큰 낫과 갈퀴를, 또 어떤 사람들은 막대기와 곤봉을 가지고 왔다.

그러나 적군은 대오를 흐트러뜨리지 않은 채 길을 따라 행군해 왔다. 모든 군사들은 완전 무장을 하고 있었다. 그들이 밀집 상태

를 지키며 나아갔기 때문에 창과 번쩍이는 갑옷밖에 보이지 않았다. 이와 같은 적군에 대항해 힘없는 백성들이 무얼 할 수 있단 말인가?

"우리는 적의 전열을 부숴야만 합니다." 한 남자가 외쳤다.

"왜냐하면 적군이 한데 모여 있는 한 우리는 그들을 깨뜨릴 수가 없기 때문입니다."

화살을 쏘았지만 화살은 적군의 방패에 맞고 튕겨 나갔다. 다른 사람들은 곤봉과 돌을 던졌지만 효과가 없었다. 적군의 대오는 여전히 흩어지지 않았다. 적군은 계속 다가왔다. 그들의 방패는 서로서로 겹쳐졌으며, 수천 개의 창들은 햇빛 속에서 길고 수많은 털처럼 보였다. 이렇게 중무장한 그들이 무엇 때문에 곤봉이나 돌멩이, 사냥꾼의 화살 따위에 신경을 쓰겠는가?

"적군의 전열을 흩뜨리지 못한다면 우리는 싸울 기회도 없이 조국을 잃게 될 것입니다!"

이렇게 외치며 아놀드 윙컬리드라는 사나이가 앞으로 걸어나왔다.

"저쪽 산중턱에는 행복한 나의 가정이 있습니다. 그곳에는 내 아내와 아이들이 내가 돌아오기만을 기다리고 있습니다. 그러나 그들은 다시 나를 볼 수 없습니다. 왜냐하면 나는, 오늘 내 목숨을 조국에 바칠 것이기 때문입니다. 그리고 동지들이여, 여러분은 여러분의 임무를 다 하십시오. 그러면 스위스는 곧 자유로워질 것입니다.”

이 말을 마치고 그는 앞으로 달려나갔다.

“나를 따르시오!” 하며 그는 외쳤다.

“내가 적의 대오를 흐트러뜨려 모든 사람이 최선을 다해 용감하게 싸울 수 있도록 하겠습니다.”

그의 손에는 아무것도 없었다. 곤봉도 돌멩이도 어떤 무기도 들려 있지 않았다. 그는 맨몸으로 돌진했다.

“자유를 위해 길을 열라!”

아놀드 윙컬리드는 적의 대오 속으로 곧장 뛰어들며 소리쳤다.

백여 개의 창이 그를 잡으려고 그를 향했다. 순간 적군은 자신들의 위치를 지켜야 하는 것을 잊고 말았다. 대오는 흐트러졌다. 이에 자극받은 사람들은 그를 따라 용감하게 적의 대열로 뛰어들었다. 그들은 손에 들고 있는 어떤 것으로든 싸웠다. 그들은 적군으로부터 창과 방패를 탈취했다. 그들은 두려움도 잊었다. 그들은 오직 사랑하는 조국과 가정만을 생각했다. 그래서 마침내 그들은 승리했다.

스위스는 적의 침략으로부터 벗어났고, 아놀드 윙컬리드의 죽음은 헛되지 않았다.

신시내터스 이야기

로마에서 그리 멀지 않은 곳에 위치한 자그마한 농장에 신시내터스란 사람이 살았다.

그는 전에는 로마 최고의 직위에 있었다. 그러나 이런저런 일로 인하여 그는 모든 것을 잃고 말았다. 그는 이제 자신의 농장에서 손수 모든 일을 해야만 했다. 로마 사람들은 땅을 일구는 것을 고귀한 일로 여겼었다.

신시내터스는 매우 현명하고 공정했기 때문에 모든 사람이 그를 신뢰했다. 그래서 누구든지 곤란한 처지에 빠져 어떻게 해야 할지를 모를 때면 이렇게 말하곤 했다.

"가서 신시내터스에게 말해 보게. 그가 자네를 도와줄 걸세."

로마에서 멀지 않은 산속에 로마인들과 교전 중인 사납고 야만

적인 종족이 살고 있었다. 그들은 또 다른 종족의 대담한 용사들을 설득하여 자기들 편으로 끌어들인 후, 약탈과 강탈을 자행하며 로마 시를 향해 진군했다. 그들은 로마의 성벽을 무너뜨려 집들을 방화하고, 남자들은 모두 죽이고 여자와 아이들은 노예로 삼을 것이라고 장담했다.

강한 자부심과 용맹성을 자랑하는 로마 사람들은 처음에는 크게 위험을 느끼지 않았다. 로마의 모든 남자들은 군인이었고, 야만족의 침략을 막기 위해 나간 군대는 세계에서도 가장 뛰어난 부대였다.

성에는 아녀자와 아이들, 백발의 노인들, 그리고 로마 시의 법률을 제정하는 원로들과 성을 경비하는 남자들만이 남았다. 성안에 있는 사람들은 야만적인 산의 종족을 그들이 본래 살던 곳으로 쫓아 버리는 것은 쉬운 일일 것이라 생각했다.

그러나 어느 날 아침, 기마병들이 산으로부터 달려 내려왔다. 매우 빠른 속도로 달려오고 있는 그들은 말과 사람 모두가 먼지와 피로 뒤집어쓰고 있었다. 성문을 지키던 경비병이 그들을 알아보고, 질주해 들어 오고 있는 그들에게 소리쳤다.

"자네들은 왜 그렇게 말을 달려오고 있는 것인가? 로마군에게 무슨 일이 생겼는가?"

그들은 그의 질문에는 대답하지 않고 성안 거리를 급하게 달려 들어갔다. 사람들은 모두 그들 뒤를 따라 달리며 무슨 일이 일어났는지를 알고 싶어했다. 당시 로마는 그렇게 큰 도시가 아니었다. 그들은 곧 백발의 원로들이 앉아 있는 장터에 이르렀다. 이윽고 그들은 말에서 뛰어내려 상황을 이야기했다.

"바로 어제, 우리 군은 두 개의 가파른 산 사이의 좁은 계곡을 지나 행군하고 있었습니다. 그런데 갑자기 앞쪽과 뒤쪽에 있는 바위들 사이에서 천여 명의 야만인들이 튀어나왔습니다. 그들은 길을 막았습니다. 길이 너무 좁았기 때문에 저희는 싸울 수도 없었습니다. 저희들은 후퇴하려고 했지만, 그들은 그쪽 길도 막아 버렸습니다. 그 흉포한 산의 종족들은 저희 앞쪽과 뒤에 있었고, 위에서는 우리에게 바위돌을 굴러내렸습니다. 우리는 함정에 빠진 것입니다. 그래서 우리들은 이 사실을 원로들에게 알리려 사지를 뚫고 달려왔습니다. 아, 로마의 원로들이시여! 당장 응원군을 보내 주십시오. 그렇지 않으면 모든 사람들이 몰살당할 것이며, 로마 시는 함락 당할 것입니다."

"어떻게 해야 한단 말인가?" 하고 백발의 원로들이 말했다.

"경비병과 소년들 말고 누구를 보낼 수 있으며 그들을 현명하게 지휘하여 로마를 구할 수 있는 사람이 누가 있단 말인가?"

모두들 침통해하며 머리를 저었다. 아무런 희망도 없어 보였기 때문이었다. 그러자 한 사람이 말했다.

"신시내터스를 부르러 사람을 보냅시다. 그가 우리를 도울 수 있을 것입니다."

사람들이 서둘러서 그를 부르러 갔을 때 신시내터스는 들에서 밭을 갈고 있었다. 그는 일을 멈추고 그들을 친절히 맞았다. 그리고는 그들이 말하기를 기다렸다.

"당신의 망토를 입으시오, 신시내터스." 하고 그들은 말했다.

그러자 신시내터스는 도대체 무슨 일인가 하고 궁금해했다.

"로마에 무슨 일이 일어났습니까?" 하고 그는 물었다.

전황을 듣고 난 신시내터스는 부인을 불러 그의 망토를 가져오게 했다.

부인이 망토를 가져오자 신시내터스는 손과 발의 먼지를 털고 망토를 어깨에 걸쳤다.

그러자 로마에서 온 사람들이 상황을 알려줬다.

그들은 로마의 가장 우수한 사람들로 이루어진 군대가 산길에서 어떻게 함정에 걸려들었는지 이야기해 주었다. 그들은 또한 로마 시가 커다란 위기에 처해 있다는 얘기도 해주었다.

"로마 사람들은 그들의 지도자로, 그리고 로마의 모든 일을 마음대로 처리할 수 있는 로마의 지도자로 당신을 선출했습니다. 그리고 원로들은 당신에게 당장 와서 우리의 적인 그 사나운 산족들을 막아 달라고 명령했습니다."

얘기를 다 들은 신시내터스는 밭을 갈다 만 쟁기를 그대로 팽개쳐 두고 로마로 서둘러 갔다. 그가 거리를 지나면서 시민들이 해야 할 일에 관해 명령을 내리자, 시민들은 그가 마음대로 할 수 있는 전권을 가졌다는 것을 알고는 그를 두려워했다. 그는 경비병과 소년들을 무장시키고 그 선두에 서서, 사나운 산족들과 싸우다가 함정에 걸린 로마 군대를 구하기 위해 나섰다.

며칠 후 로마는 커다란 기쁨을 맛보게 되었다. 신시내터스로부터 좋은 소식이 전해진 것이다. 산족들은 큰 타격을 입고 패배하여 본래 그들이 살던 곳으로 쫓겨 갔다.

이제 로마군은 승리의 함성을 지르며 돌아오고 있었다. 그리고 선두에는 신시내터스가 말을 타고 있었다. 그가 로마를 위기에서 구한 것이다.

신시내터스는 자신이 원한다면 왕이 될 수도 있었다. 왜냐하면 그의 말은 곧 법이었으며, 아무도 감히 그에게 손가락질을 할 수 없었기 때문이다.

그러나 사람들이 그가 한 일에 충분히 감사하기도 전에 그는 로마 원로원에게 권한을 돌려주고, 그의 자그마한 농장과 쟁기가 있는 곳으로 다시 돌아갔다.

그는 십육 일 동안 로마의 지배자였던 것이다.

레굴루스 이야기

로마 건너편 바다 저쪽에는 카르타고라는 거대한 도시가 있었다. 로마 인들은 카르타고 사람들과 사이가 안 좋았는데, 결국 두 나라 사이에는 전쟁이 시작됐다. 오랫동안 싸웠지만 두 나라 중 어느 쪽이 더 강한지 판가름하기가 힘들 정도였다. 처음에 로마가 승리를 거두면 다음에는 카르타고가 승리를 거두곤 해서 전쟁은 수년 동안 계속됐다. 로마 사람 중에는 레굴루스라는 용감한 장군이 있었는데, 그는 자기가 한 약속을 절대로 어기는 일이 없는 정직한 사람이었다.

레굴루스는 포로가 되어 카르타고로 끌려갔다.

병들고 고독해진 그는 바다 건너 멀리 떨어져 있는 아내와 아이들의 꿈을 자주 꾸었다. 그러나 그들을 다시 만날 수 있는 희망은

거의 없었다. 그는 가정을 매우 사랑했다. 그러나 첫 번째 의무는 조국을 위하는 것이라고 생각했다.

그가 전쟁에 패배해서 포로가 된 것은 사실이다. 그러나 그는 로마가 강성하게 되어 카르타고 사람들이 끝내는 전쟁에 패할 것을 두려워하고 있다는 것도 알았다. 그들은 용병을 모집하기 위해 다른 나라에 사람을 보냈지만, 이러한 용병을 가지고도 로마에 대항하여 더 이상 계속하여 싸울 수가 없었던 것이다.

하루는 카르타고 통치자 몇이 레굴루스와 대화를 하기 위하여 감옥으로 찾아왔다.

"우리는 로마 인들과 평화 조약을 맺고 싶소." 하고 그들은 말했다.

"만약 로마의 통치자들이 전쟁이 어떻게 돌아가고 있는지를 알고 있다면 우리와 평화 조약을 하는 걸 기뻐하리라고 확신합니다. 만일 당신이 우리가 말하는 대로 하겠다고 동의한다면 우리는 당신을 석방해 고국으로 돌아갈 수 있도록 하겠습니다."

"그것이 무엇입니까?" 하고 레굴루스가 물었다.

"우선 당신이 패배한 전투에 대해서 로마 인들에게 이야기해 줘야 합니다. 그리고 전쟁으로 인해 얻은 것이라곤 아무것도 없다는 것을 그들에게 분명하게 납득시켜야만 됩니다. 둘째로, 그들이 평화 조약을 맺지 않겠다면 당신은 이 감옥으로 다시 돌아오겠다고 약속해야 합니다."

"좋습니다." 하고 레굴루스는 말했다.

"만약 우리 로마의 지도자들이 평화 조약을 맺지 않는다면 이 감옥으로 다시 돌아올 것을 약속합니다."

그래서 그들은 레굴루스를 보내 주었다. 그들은 로마 사람은 자기가 한 약속을 반드시 지킨다는 것을 알고 있었다.

레굴루스가 로마로 돌아오자 모든 사람들이 그를 기쁘게 맞이했다. 그의 부인과 아이들도 무척 기뻐했고, 그들은 이제 다시는 헤어지지 않게 될 것이라고 생각했다. 로마 시의 법률을 만든 백발의 원로들이 그를 보러 왔다. 그들은 전쟁에 대해서 그에게 질문을 했다.

"저는 평화협정을 맺자는 카르타고 사람들의 부탁을 받고 왔습니다." 하고 그는 말했다.

"그러나 협정을 맺는 것은 현명하지 못합니다. 우리가 몇몇 전투에 진 것은 사실이지만, 우리 로마군은 매일매일 강성해지고 있습니다. 카르타고 사람들이 두려워하는 것도 당연합니다. 얼마간 전쟁을 계속하십시오. 그러면 우리는 승리할 수 있습니다. 저는 처자식과 로마 시민에게 작별인사를 하러 왔습니다. 저는 카르타고 사람들과의 약속을 지키기 위해 내일 그들의 감옥으로 되돌아가겠습니다."

그러자 원로원들은 그가 돌아가지 않도록 설득을 하려 했다.

"장군을 대신해서 협상할 다른 사람을 보내도록 합시다."

"저를 약속도 못 지키는 로마 인으로 만드실 작정입니까?" 하고 레굴루스는 말했다.

"저는 몸이 아프기 때문에 어차피 오래 살지는 못할 것입니다. 약속한 대로 돌아갈 것입니다."

그의 아내와 자식들은 울었고, 그들은 레굴루스에게 다시는 떠나지 말 것을 애원하였다.

"나는 이미 그들과 약속했다. 너희들은 보살핌을 받을 것이다."

그런 다음 그는 가족들에게 작별을 고한 뒤 카르타고의 감옥으로 돌아가 예상했던 대로 비참하게 죽었다.

이것이 바로 로마를 세계에서 가장 위대한 도시로 만든 참다운 용기였다.

배은망덕한 손님

필립 왕의 병사들 중에 재주가 많은 사람이 있었다. 그는 용감하고 여러가지로 왕을 즐겁게 해주었기 때문에 왕은 그를 매우 총애하였다.

하루는 이 병사가 배를 타고 바다를 건너다가 심한 폭풍우를 만났다. 심한 바람으로 인해 배는 암초에 부딪혀 난파되고 말았다. 그 병사는 겨우 나무 한 조각을 붙잡고서 파도에 밀려 반죽음 상태로 해안으로 밀려왔다. 근처에 살고 있던 한 농부의 따뜻한 보살핌이 아니었다면 그는 살 수가 없었을 것이다.

집에 돌아갈 수 있을 정도로 몸이 좋아졌을 때, 그 병사는 농부에게 감사하고 그의 친절에 대해 은혜를 갚겠다고 약속했다.

그러나 그는 약속을 지킬 생각이 없었다. 그는 필립 왕에게 자기의 목숨을 구해준 농부에 대해서는 한 마디도 하지 않았다. 그는 단지 그 해변에는 좋은 농장이 있으며 자기가 무척 그 농장을 갖고 싶다고 말했다.

"현재 그 농장은 누가 소유하고 있나?" 하고 필립 왕은 물었다.

"그 소유자는 조국을 위해 아무것도 하지 않은 인색한 농부일 뿐입니다." 하고 병사는 말했다.

"그렇다면 좋다." 하고 필립 왕이 말했다.

"너는 오랫동안 나라를 위해 봉사했으니, 네 소원을 들어주마. 그 농장을 가지거라."

그래서 그 병사는 서둘러 농부를 몰아내고 농장을 자기의 소유로 만들었다.

불쌍한 농부는 이러한 병사의 행동이 가슴에 사무치도록 분하고 원통했다. 그는 용기를 내어서 왕을 만나뵙기를 간청하였다. 왕에게 모든 자초지종을 이야기했다. 팔립 왕은 자기가 믿어왔던 그 병사가 그토록 비열한 행동을 한 것을 알고는 무척 화가 났다. 왕은 급히 그 병사를 불렀다. 그리고 그가 오자 왕은 그의 이마에 다음과 같은 글을 새겨넣도록 했다.

'배은망덕한 손님.'

이렇게 해서 그 병사의 비열한 행위에 대해 온 세상이 알게 되었다. 그날 이후 죽을 때까지 그는 모든 사람들로부터 미움과 따돌림을 받았다.

알렉산더와 준마 부케팔러스

어느 날 필립 왕이 부케팔러스라는 좋은 말을 샀다. 그 말은 족보가 훌륭했기 때문에 왕은 그것을 사는 데 많은 돈을 치렀다. 그러나 그 말은 길들여지지 않아서 매우 난폭하였기 때문에 누구도 그 말을 탈 수 없었다.

사람들은 말에게 채찍질도 해보았지만, 그럴수록 말은 더욱 거칠어질 뿐이었다. 왕은 마침내 시종들에게 말을 내쫓아 버리라고 명령했다.

"이토록 훌륭한 말을 내쫓아 버린다면 너무나 애석한 일입니다." 왕의 젊은 아들인 알렉산더가 말했다.

"저 사람들은 말을 다루는 방법을 모르고 있습니다."

"그렇다면 왕자는 그들보다 더 잘 다룰 수 있겠구나."

"아버님께서 제게 말을 다루어 보도록 허락만 해주신다면 어느 누구보다도 이 말을 잘 훈련시킬 자신이 있습니다."

"그렇다면 만약 실패한다면 그때는 어떻게 하겠느냐?" 하며 필립 왕이 물었다.

"말 값을 아버님께 돌려드리겠습니다."

사람들이 모두 웃고 있는 동안, 알렉산더는 부케팔러스에게로 뛰어가서 말의 머리가 해를 향하도록 했다. 왕자는, 말이 자신의 그림자를 두려워하고 있다는 것을 눈치채고 있었던 것이다.

그런 다음 왕자는 말에게 부드럽게 말하며 손으로 다독거려 주었다. 말이 조금 얌전해지자 그는 재빨리 뛰어서 말잔등에 올라탔다.

모두들 왕자가 말의 등에서 떨어지는 것을 보게 되리라고 생각했다. 하지만 그는 안장을 고른 다음, 말이 뛰고 싶은 대로 빨리 뛰게 했다. 한참을 뛰던 부케팔러스가 점차 지치자 알렉산더는 말을 세운 뒤 아버지가 서 있는 곳으로 되돌아왔다.

왕자가 그 말을 다룰 수 있음을 증명한 것을 보고는 그곳에 있던 사람들은 모두 함성을 질렀다. 왕자는 말에서 뛰어내렸다. 그러자 부왕은 그에게 뛰어가서 자랑스런 아들을 꼭 안아주었다.

"내 아들아. 마케도니아는 너에게는 너무도 작은 나라구나. 너는 너에게 어울리는 더 큰 왕국을 찾도록 해라."

그 후 알렉산더와 부케팔러스는 매우 가까운 친구가 되었다. 사

람들은 그 둘이 언제나 함께 있다고들 했다. 둘 중의 하나가 있는 곳에는 다른 하나도 멀지 않은 곳에 틀림없이 있기 때문이었다. 그렇지만 말은 자기 주인 이외에는 어느 누구도 태우려 하지 않았다.

알렉산더는 후세에 알려진 왕 중에서도 가장 위대한 왕이자 용사가 되었다. 그런 이유로 그는 언제나 알렉산더 대왕으로 불리고 있다. 부케팔러스는 많은 나라와 싸움터로 그를 태우고 다녔으며, 주인의 목숨을 구한 적도 한두 번이 아니었다.

왕과 매

칭기즈칸은 위대한 왕이자 용장이었다.

그는 군대를 이끌고 중국과 페르시아로 쳐들어갔고 많은 나라를 정복했다. 모든 나라에서 그의 용맹스런 행위에 대해서 이야기했고, 알렉산더 대왕 이래 그와 같은 왕은 없었다고들 했다.

전쟁을 끝내고 고국에 돌아와 있던 어느 날 아침, 왕은 사냥을 즐기려고 숲으로 말을 달렸다. 많은 보좌관들이 그와 함께 갔다. 그들은 활과 화살을 지니고 힘차게 달려갔다. 그들의 뒤를 시종들이 사냥개를 데리고 따랐다.

유쾌한 사냥꾼 부대였다. 숲에는 그들의 함성과 웃음소리가 울려 퍼졌다. 저녁에는 사냥한 짐승을 많이 가지고 집으로 돌아오기를 기대했다.

149

왕의 손목 위에는 그가 무척 아끼는 매가 앉아 있었다. 당시에는 매들이 사냥용으로 훈련이 많이 되어 있었다. 주인이 명령을 내리면 매는 하늘 높이 날아올라 사냥감을 찾아 주위를 돌아보곤 했다. 만약 사슴이나 토끼라도 보게 되면 매들은 화살만큼이나 빠르게 먹이를 덮치는 것이다.

칭기즈칸과 그의 수하들은 하루종일 숲 속을 달렸다. 그러나 그들이 기대했던 것처럼 많은 사냥감을 발견하지는 못했다.

저녁이 가까워지자 칭기즈칸 왕의 일행은 집을 향해 출발했다. 왕은 숲의 길을 샅샅이 알고 있었다. 그래서 일행이 가까운 지름길을 통해 가는 동안, 왕은 두 산 사이의 계곡을 지나는 더 먼 길로 혼자 돌아서 갔다.

그날은 날이 더웠기 때문에 왕은 무척 목이 말랐다. 왕이 귀여워하는 매는 그의 손목을 떠나 날아가버렸다. 매는 틀림없이 하늘 높이 날며 왕의 행동을 지켜보고 있을 것이다.

왕은 천천히 말을 몰아갔다. 왕은 전에 이 길 가까이에서 맑은 물이 나오는 샘을 본 적이 있었다. 지금 그 샘터를 찾을 수 있다면! 그러나 뜨거운 여름날은 산 속의 모든 계곡을 바싹 말려 버렸다.

마침내 기쁘게도 왕은 어떤 바위 가장자리에서 물이 조금씩 조금씩 똑똑 떨어지는 것을 발견했다. 그는 더 위쪽으로 샘이 하나 있다는 것을 알았다. 장마철에는 이곳에 항상 빠른 물살이 흘러내리지만, 지금은 한 방울씩만 떨어지고 있었다.

왕은 말에서 뛰어내렸다. 그는 사냥 주머니에서 작은 컵을 하나 꺼냈다. 그는 똑똑 떨어지는 물방울을 받으려고 컵을 손으로 받쳐 들었다. 컵에 물이 가득 차는 데는 오랜 시간이 걸렸다. 왕은 너무도 목이 말라 더 기다릴 수도 없을 지경이었다. 마침내 컵에 물이 어느 정도 채워지자. 그가 컵을 입에 대고 막 마시려는 순간 갑자기 공중에서 윙윙거리는 소리가 나더니 왕이 들고 있던 컵이 손에서 떨어졌다. 그 바람에 어렵게 받아 모은 물이 모조리 땅바닥에 쏟아지고 말았다.

왕은 대체 누가 이런 짓을 했는지 보려고 위를 올려다보았다. 그런데 그것은 다름 아닌 그가 아끼던 매였다. 매는 앞뒤로 서너 번 날다가 샘가에 있는 바위 틈에 내려앉았다.

왕은 컵을 집어들고 다시 똑똑 떨어지는 물방울을 받느라 받치고 있었다.

이번에는 그리 오래 기다리지 않았다. 컵에 물이 반쯤 차자, 왕은 컵을 입으로 가져갔다. 그러나 컵을 미처 입술에 대기도 전에 매가 다시 내려와 그의 손에서 컵을 쳐서 또 떨어뜨렸다.

왕은 화가 나기 시작했다. 그는 다시 해보았다. 그러나 세번 째도 매는 왕이 물을 마시는 것을 방해했다. 왕은 정말 화가 났다.

"네가 감히 이런 못된 짓을 하다니." 하고 그는 소리쳤다.

"만약 네가 내 수중에 있다면 네 목을 비틀어 버렸을 것이다!"

그런 다음 그는 다시 컵에 물을 받았다. 하지만 이번에는 물을 마시기 전에 칼을 뽑아 들었다.

"자, 매야, 이번이 마지막이다." 하고 왕은 말했다.

그가 말을 마치자마자 매는 날아와서 왕의 손에서 컵을 쳐 떨어뜨렸다. 그러나 왕은 이것을 기다리고 있었다. 그는 재빨리 칼을 휘둘러 매의 목을 베었다.

다음 순간 불쌍하게도 매는 주인의 발아래에 피를 흘리며 죽었다.

"이것이 너의 수고에 대한 보답이다." 하고 징기스칸은 말했다.

그러나 컵을 찾아보니, 그것은 두 개의 바위 사이의 손이 닿지 않는 곳에 떨어져 있었다.

"어쨌든 나는 저 샘에서 한 모금 마셔야지." 하고 그는 혼잣말을 했다.

그렇게 중얼거리며 왕은 물방울이 뚝뚝 떨어지는 쪽의 경사진 벼랑을 기어오르기 시작했다. 올라가는 것은 힘들었다. 게다가 높이 올라가면 갈수록 더욱 목이 말랐다.

마침내 그는 샘터에 이르렀다. 왕의 눈에 무언가가 샘물을 가득 메우고 있는 것이 보였다. 그것은 독이 매우 강한 커다란 뱀의 주검이었다.

왕은 숨을 멈췄다. 그는 갈증도 잊고 자신의 칼에 의해서 죽은 그 가엾은 매만을 생각하였다.

"매가 내 생명을 구해 주었구나!" 하고 그는 소리쳤다.

"그런데도 나는 그 매에게 어떻게 보답했던가? 그는 나의 가장 좋은 친구였는데 나는 그 매를 죽이고 말았구나."

그는 기어서 벼랑을 내려왔다. 그는 가만히 매를 집어 올려서 사냥 주머니 안에다 넣었다. 그런 다음 급히 말을 몰아 집으로 돌아왔다.

그는 혼자 말로 이렇게 말했다.

"나는 오늘, 화가 나 있을 때에는 어떤 일도 해서는 안 된다는 슬픈 교훈을 배웠다."

왕국

옛날에 프레드릭 윌리엄이라는 프러시아 왕이 있었다.

유월의 어느 맑은 아침, 그는 혼자 숲 속을 산책하러 나갔다. 그는 도시의 소음으로부터 벗어난 것이 기뻤다.

그래서 그는 나무들 사이를 거닐며 종종 멈춰 서서 새의 노랫소리를 듣거나 사방에 흩어져 피어나는 들꽃을 바라보았다. 가끔씩 그는 몸을 굽혀 제비꽃이라든가 앵초꽃, 혹은 노란 미나리아재비를 꺾었다. 이내 그의 양손에는 예쁜 꽃들이 가득했다.

잠시 후 그는 숲 한가운데 있는 작은 풀밭에 이르렀다. 그곳에는 아이들이 모여서 놀고 있었다. 아이들은 여기저기를 뛰어다니며 풀잎 사이에 피어 있는 눈동이나물을 꺾어 모으고 있었다.

그 아이들을 보고 그들의 명랑한 목소리를 듣고 있노라니 왕은

마음이 즐거워졌다. 그는 얼마 동안 조용히 서서 그들을 바라보았다. 그런 다음 그는 아이들을 자기 둘레에 불러 모았다. 왕은 아이들과 함께 나무 그늘에 앉았다. 아이들은 그 낯선 사람이 누구인지 몰랐지만 친절한 얼굴과 부드러운 태도가 마음에 들었다.

왕이 말했다.

"자, 얘들아. 너희들에게 몇 가지 물어 보고 싶은 것이 있다. 가장 적절한 대답을 한 아이에게는 상을 주마." 하고 말하며 아이들이 모두 볼 수 있도록 귤 한 개를 높이 들어올렸다.

"너희들도 알고 있겠지만 우리는 모두 프러시아 왕국에 살고 있지. 그러면 이 귤은 어느 왕국에 속하는지 말해 볼 수 있겠니?"

아이들은 당황했다. 아이들은 서로의 얼굴만 바라보며 가만히 앉아 있었다. 그러자 한 용감하고 영리한 소년이 일어나 말했다.

"식물 왕국에 속합니다, 선생님."

"왜 그렇지, 얘야?" 하고 왕이 물었다.

"그것은 식물의 열매인데 식물은 모두 식물 왕국에 속하기 때문입니다." 하고 소년은 말했다.

왕은 소년의 대답이 마음에 들었다.

"네 말이 맞다." 하고 왕은 말했다.

"자, 네게 상으로 이 귤을 주마."

왕은 웃으며 귤을 소년에게 주었다. 그런 다음 그는 주머니에서 노란 금화를 꺼내, 그것이 햇빛에 반짝이도록 쳐들었다.

"그럼, 이것은 어느 왕국에 속하느냐?" 하고 왕은 물었다.

다른 영리한 소년이 재빨리 대답하였다.

"광물 왕국에 속합니다! 모든 금속은 광물 왕국에 속합니다."

"좋은 대답이다." 하고 왕은 말했다.

"너에게 이 금화를 상금으로 주마."

아이들은 기뻐했다. 호기심에 찬 얼굴로 그들은 낯선 사람이 다음에는 무슨 질문을 할까 궁금해하며 기다렸다.

"이번 문제는 쉬울 것이다."

그런 다음 왕은 일어서서 이렇게 말하였다.

"얘들아, 말해 보아라. 나는 어느 왕국에 속하지?"

영리한 소년들도 이번에는 당황했다. 몇 명은, "'프러시아 왕국에 속합니다."라고 말할까 생각했다. 또 다른 몇 명은 "동물 왕국에 속합니다."라고 말하고 싶었다. 그러나 그들은 좀 두려운 생각이 들어서 가만히 있었다.

마침내 파란 눈의 자그마한 여자아이가 왕의 미소짓는 얼굴을 쳐다보며 아이다운 단순한 말투로 이렇게 말했다.

"하늘 나라라고 생각해요."

프레드릭 윌리엄 왕은 몸을 굽혀 그 조그만 아가씨를 두 팔로 들어 올렸다. 소녀에게 키스하며 말하는 그의 눈에는 눈물이 고였다.

"그렇지, 얘야! 그래야지." 하고 왕은 말했다.

"우리는 모두 하늘나라 왕국의 백성이란다."

끝없는 이야기

먼 동쪽 나라에 할 일이 아무것도 없는 대왕이 있었다. 매일 같이 그는 종일 푹신한 방석 위에 앉아 남들이 이야기해 주는 것을 들었다. 그리고 그 이야기가 무엇에 관한 것이든 그 이야기가 아무리 길어도 듣기를 싫어하지 않았다.

그 왕은 누구의 이야기를 한 이틀 정도 듣고 난 후에는 항상 이렇게 말하곤 했다.

"네 이야기의 결점은 꼭 한 가지, 너무 짧다는 것이다."라고 이야기가 너무 짧은 것에 대한 불만을 한다는 것이다.

세상의 모든 이야기꾼들이 궁전으로 초대되었다. 그들 중 몇은 정말이지 대단히 긴 이야기를 했다. 그러나 왕은 이야기 하나가 끝날 때마다 이야기가 너무 짧다며 언제나 서운해했다.

마침내 그는 온 나라에 방을 붙여서, 누구든지 자신에게 끝없이 긴 이야기를 해주는 사람에게는 상을 주겠노라고 포고했다. 그는 포고문에서 이렇게 말했다.

"나에게 영원히 계속되는 이야기를 해주는 사람에게는 나의 예쁜 딸을 아내로 주겠으며, 그를 나의 후계자로 삼아 왕이 되도록 할 것이다."

그러나 이것이 포고문의 전부는 아니었다. 왕은 매우 까다로운 조건을 하나 덧붙였다.

"그러나 누구든 실패하면 당장 그의 목숨을 거두겠노라."

왕의 딸은 매우 예뻤기 때문에 그녀를 차지하기 위해서라면 무슨 일이든지 하려는 젊은이들이 그 나라에는 많았다. 그러나 그들 중 어느 누구도 목숨을 잃고 싶지는 않았다. 그래서 단 몇 사람만이 그 엄청난 상을 받고자 시도해 보았다.

한 젊은이는 석 달 동안 계속되는 이야기를 꾸며내었다. 그러나 석 달이 지나자 그는 더 이상 아무것도 생각해 낼 수가 없었다. 그의 운명은 다른 사람들에게 경고가 되어 오랫동안 그 누구도 왕의 인내력을 시험해 보려는 무모한 짓을 하려고 들지 않았다.

그러던 어느 날, 남쪽에서 온 낯선 사람 하나가 궁전에 나타났다.

"대왕이시여!" 하고 그는 말했다.

"끝이 없는 이야기를 하는 사람에게 상을 내리신다는 포고문이 사실이옵니까?" 하고 대왕에게 물었다.

"사실이다." 하며 대왕이 말했다.

"실패하면 너의 목을 내놓아야 한다는 이야기도 들었느냐?" 하고 대왕이 젊은이에게 물었다.

"예, 알고 있사옵니다. 대왕이시여!" 하며 젊은이가 말했다.

"그리고 그 사람에게 임금님의 가장 예쁜 공주를 아내로 삼아 주고 임금님의 후계자로 삼으시겠다는 것도 사실입니까?"

"그렇다, 성공만 한다면."

"대왕이시여, 제게 메뚜기에 관한 재미난 이야기가 있습니다."

"그래, 어서 이야기해 보아라. 들어보겠노라."

이야기꾼은 이야기를 시작했다.

"옛날 어떤 임금님이 자기 나라에 있는 모든 곡식을 몰수해서 튼튼한 곡식 창고에 쌓아 두었습니다. 그러나 메뚜기 떼가 그 나라로 날아와서 곡식을 둔 곳을 보았습니다. 여러 날 살펴본 끝에 메뚜기들은 그 창고 동쪽에 한 번에 메뚜기 한 마리가 지나갈 만한 크기의 틈을 하나 발견했습니다. 그래서 메뚜기 한 마리가 들어가서 곡식을 한 알 물고 나왔습니다.……"

날이 지나고 몇 주나 지나도록 이야기꾼은 계속해서 말했다.

"그러자 또 한 마리의 메뚜기가 들어가서 곡식 하나를 물고 나왔습니다."

한 달이 지나고 일 년이 지났다. 이 년이 지난 뒤에 왕이 말했

다.

"얼마나 더 메뚜기들이 들어가서 곡식을 물고 나오는 거지?"

"오, 임금님!" 하고 이야기꾼이 말했다.

"메뚜기들은 이제 일 큐비트의 곡식을 꺼내 왔을 뿐입니다. 창고에는 아직 수천 큐비트의 곡식이 남아 있습니다."

"이봐, 이봐!" 하고 왕은 소리쳤다.

"너는 나를 미치게 하려는구나. 나는 더 이상 듣지 못하겠다. 내 딸을 데려가고 내 후계자가 되어 왕국을 다스려라. 그러나 다시는 그 지긋지긋한 메뚜기 이야기에 관해서는 내게 한 마디도 하지 말아다오!"

그래서 그 낯선 이야기꾼은 왕의 딸과 결혼해서 오랫동안 그 나라에서 행복하게 살았다. 그러나 그의 장인인 대왕은 그 후 더는 이야기를 듣고자 하지 않았다.

서른다섯

인치케이프 암초

북해에 인치케이프 암초라 불리는 큰 바위가 있었다. 그것은 육지에서 십이 마일 가량 떨어져 있었으며 대개 언제나 바다물로 덮여 있어서 눈에 잘 띄지 않았다.

그 암초는 수면에 매우 가까이 있었기 때문에 많은 보트와 큰 배들이 그 암초에 부딪쳐 좌초되었다.

그 암초에서 멀지 않은 곳에 아버브로톡의 대수도원장인 마음씨 착한 사람이 살았다.

"그토록 많은 선원들이 물 속에 있는 암초 때문에 목숨을 잃는 것은 애석한 일이다." 하며 그는 안타까워했다.

그래서 대수도원장은 그 암초에 부표를 설치했다. 부표는 수면에서 이리저리 떠다녔다. 그 부표는 떠내려가지 못하게 튼튼한 쇠사슬에 묶여 있었고 부표 꼭대기에 대수도원장은 종을 매어 놓았다. 그래서 파도가 덮칠 때면 종소리는 큰소리로 똑똑하게 들리게 했다.

선원들은 이제 이 암초가 있는 바다를 지나는 것을 두려워하지 않았다. 종소리가 울리는 것을 들으면 선원들은 암초가 있는 곳으로 알고 그곳을 우회해서 돌아가도록 했다.

"아버브로톡의 선량한 대수도원장에게 하느님의 가호가 있기를!"

사람들은 대수도원장의 친절함에 감사를 드리며 그의 행복을 기원했다.

어느 파도가 잔잔한 여름날, 검은 기를 단 배 한 척이 인치케이프 암초에서 멀지 않은 곳을 항해하게 되었다. 그 배는 랄프라고 불리는 해적의 배였다. 그 배는 해상에서나 해안에서나 모든 선량한 사람들에게는 공포의 대상이 되고 있었다.

그날은 바람이 거의 없어서 바다는 거울같이 잔잔했다. 그 해적선은 거의 정지한 채로 있었다. 돛을 채워 줄 바람 한 점도 없을 정도였던 것이다.

해적 랄프는 갑판을 거닐고 있었다. 그는 거울 같은 수면을 바라보다가 인치케이프 암초 위에 떠 있는 부표를 보았다. 그러나 그날은 종이 울리지 않았다. 부표를 움직일 만큼의 파도가 일지 않았던 것이다.

"애들아!" 하고 해적 랄프는 소리쳤다.

"보트를 내려 인치케이프 암초로 저어 가자. 늙은 대수도원장에게 골탕을 먹여야겠다."

보트가 내려졌다. 건장한 사내들의 힘센 팔이 보트를 곧 인치케이프 암초로 저어 갔다. 그러자 해적 랄프는 커다란 도끼로 부표를 고정시켜 주는 쇠사슬을 끊어버렸다. 그는 종을 매어 둔 줄도 끊어버렸다. 종은 바닷속으로 부글부글 소리를 내며 가라앉았다.

"이 다음에 이곳을 지나가는 놈은 대수도원장을 축복하지 않을 것이다." 하며 해적 랄프는 껄껄 웃었다.

곧 미풍이 일어서 랄프의 검은 해적선은 이곳을 떠났다. 해적 랄프는 뒤를 한 번 돌아보고는 숨겨진 암초의 위치를 알려주던 부표가 보이지 않자 무언지 모를 불안한 마음이 들었다.

여러 날 동안 해적 랄프는 바다를 샅샅이 뒤졌다. 그에게 무수한 배들이 약탈을 당했다. 마침내 그는 우연히 인치케이프 암초가 있는 바다로 되돌아오게 되었다.

그날은 공교롭게도 하루 종일 바람이 불었다. 파도도 높았다. 배는 빠르게 나아가고 있었다. 그러나 저녁이 되자 바람은 수그러들고 짙은 안개가 끼기 시작했다.

해적 랄프는 갑판을 거닐었다. 그는 배가 어디로 가고 있는 것인지도 알 수가 없었다.

"안개만 걷혀 준다면 좋겠는데!" 그는 말했다.

바로 그때,

"파도가 바위에 부딪히는 소리를 들은 것 같습니다." 하고 키잡이가 말했다.

"해안 가까이에 와 있음이 틀림없습니다."

"글쎄, 잘 모르겠는데. 하지만 내 생각엔 우리가 인치케이프 암초 가까이에 와 있는 것 같은걸. 그 대수도원장의 종소리를 들을 수 있다면 좋을 텐데."

다음 순간 무언가 요란한 소리가 났다.

"인치케이프 암초다!" 하고 선원들이 소리쳤다.

배는 한쪽으로 기울더니 이내 침몰하기 시작했다.

"아, 나는 얼마나 어리석은 짓을 했던가!" 하고 해적 랄프는 울부짖었다.

"이것이 내가 그 착한 대수도원장을 골려준 벌이로구나!"

파도가 배를 덮쳤을 때 그가 들은 소리는 무엇이었을까?

저 깊은 바다 밑에서 그를 위해 울리고 있는 대수도원장의 종소리였을까?

피치올라

옛날 프랑스의 큰 감옥에 한 불쌍한 신사가 갇혀 있었다. 그의 이름은 샤니였는데 그는 매우 슬프고 불행했다. 그는 부당하게 투옥되었고, 세상 그 누구도 그를 동정해 주지 않았다.

감옥 안에는 책이 없었기 때문에 그는 독서를 할 수 없었다. 펜이나 종이를 갖는 것도 허락되지 않았기 때문에 그는 편지를 쓸 수도 없었다. 시간은 매우 지루하게 흘러갔다. 하루하루를 덜 지루하게 보내기 위해서 그가 할 수 있는 일이라곤 아무것도 없었다. 그의 유일한 소일거리라고는 사방으로 완전하게 막혀 있는 감옥 마당을 이리저리 거니는 것이었다. 해야 할 일도 없었고 이야기를 나눌 사람도 없었다.

어느 화창한 봄날 아침, 그날도 샤니는 마당에서 산책을 하고 있었다. 그는 전에도 그랬듯이 버릇처럼 마당에 덮힌 돌을 세고 있었다. 그러던 그가 갑자기 걸음을 멈추었다. 두 개의 돌 틈바구니에 조그맣게 솟아난 흙무더기를 보았다.

그는 허리를 굽혀 살펴보았다. 어떤 종류인지 알 수 없는 씨앗이 돌 틈에 떨어져, 그것이 싹이 터서 지금 자그마한 파란 잎 하나가 땅을 뚫고 솟아오르고 있었다. 잎사귀 위에 보드라운 표피가 있는 것을 보았을 때 샤니는 자신의 발이 그것을 거의 문질러 버리려는 찰나였음을 깨달았다.

"아!" 하며 그는 말했다.

"이 표피는 잎을 보호하는 것이구나. 이것을 해쳐서는 안 되겠다."

그런 다음 그는 산책을 계속했다.

며칠 후, 그는 새싹에 대해서는 생각지도 못하고 무심코 그 식물 위로 발을 디딜 뻔했다. 그는 그것을 살펴보려고 허리를 굽혔다. 식물은 이제는 잎이 두 개 있었으며, 며칠 전보다 훨씬 더 튼튼하고 푸르렀다. 그는 그 곁에 오랫동안 서서 식물의 부분 부분을 살펴보았다.

그 이후 매일 아침 샤니는 자기의 작은 식물을 보러 나갔다. 그는 식물이 추위에 얼어 죽지나 않았는지, 혹은 햇볕에 시들지나 않았는지 궁금했고 그 식물이 얼마나 자랐는지도 보고 싶었다.

어느 날 창문에서 밖을 내다보고 있던 그는 간수가 마당을 가로

질러 가는 모습을 보았다. 그때 간수는 그 작은 식물 바로 옆에서 비질을 하고 있었고, 자칫하면 그것을 뭉개 버릴 수 있는 순간이었다. 샤니는 머리에서 발끝까지 온몸을 떨었다.

"오, 나의 피치올라여!" 하고 그는 소리쳤다.

그 간수가 그의 식사를 가져왔을 때 샤니는 그 험상궂은 간수에게 자기의 작은 식물을 죽이지 말아달라고 애원했다.

그 간수는 친절한 마음씨를 가지고 있었다.

"자네는 내가 자네의 작은 식물을 해칠 거라고 생각하나? 절대로 아닐세! 만약 자네가 그 식물을 그토록 소중히 생각하는 것을 보지 못했다면 그것은 벌써 오래 전에 죽었을 것이네."

"정말이지 고마운 일이오." 하고 샤니는 말했다. 그는 이제까지 그 간수가 불친절하다고 생각했던 것을 부끄럽게 여겼다.

그는 매일 피치올라를 지켜보았다. 그는 그 식물을 '피치올라'라고 불렀던 것이다. 하루가 다르게 그 식물은 자랐고, 더욱 아름다워졌다. 그러나 한번은 개의 커다란 발에 밟혀 거의 부러질 뻔했다. 샤니의 가슴은 무너져 내렸다.

"피치올라의 집이 있어야겠다. 만들 수 있는지 알아보자."

그래서 밤이면 서늘하기는 했지만, 그는 매일 그에게 주어지는 땔감을 조금씩 떼어내 그것으로 피치올라 주변에 자그마한 집을 지었다.

그는 그 식물에게 여러 가지의 대단히 귀여운 습성이 있는 것을

관찰했다. 그는 그것이 태양을 향해 조금 기울어져 있는 것을 보았으며, 폭풍이 불기 전에는 꽃잎을 접는 것도 보았다.

그는 숯과 물로 잉크를 만들었다. 그는 종이 대신 손수건을 펼쳤다. 펜 대신으로 뾰족하게 깎은 막대기를 사용했다. 그는 피치올라의 행태를 적어 두어야겠다고 생각한 것이다.

그는 하루종일 그 식물과 함께 보냈다.

"서방님과 아씨 좀 보게!"

간수는 샤니와 피치올라를 볼 때면 이렇게 놀리곤 했다.

여름이 지남에 따라 피치올라는 나날이 더욱 사랑스러워졌다. 줄기에는 삼십여 송이 이상의 꽃이 피었다.

그러나 어느 슬픈 아침, 그것은 시들기 시작했다. 이유는 줄기가 굵어짐에 따라 돌틈이 너무 좁기 때문이었다. 샤니는 어찌해야 좋을지 알 수 없었다. 그는 식물에 물을 주었지만 소용이 없었다. 샤니는 피치올라를 살릴 방법은 단 한 가지임을 알고 있었다. 그렇지만 아! 그런 일이 일어나기를 어떻게 기대하겠는가? 그러려면 돌들을 당장 치워야 하는 것이었다.

그러나 그런 일은 간수도 감히 할 수 없는 일이었다. 감옥의 규율은 엄격했고 어떤 돌도 움직이지 못하도록 되어 있었다. 오직 매우 높은 직위에 있는 사람들만이 이러한 일을 할 수가 있었다.

가엾은 샤니는 잠을 잘 수가 없었다. 피치올라는 죽게 될 것이다. 벌써 꽃들이 시들었고 곧 잎들도 줄기에서 떨어질 것이다.

그러자 샤니에게 새로운 생각이 떠올랐다. 나폴레옹 황제에게 직접 식물을 구해 달라고 청원하는 것이었다.

자기가 미워하는 사람, 즉 바로 자기를 이 감옥에 가둔 그 사람의 호의를 구한다는 것이 샤니로서는 결코 쉽지 않은 일이었다. 그러나 피치올라를 위해서라면 그렇게 할 수도 있었다.

그는 손수건에 짧은 이야기를 적었다. 그런 다음 그것을 간수에게 부탁하여 전달할 수 있는 방법을 알아내 전달해 달라는 부탁과 함께 맡겼다.

간수는 그것을 어느 힘있는 사람에게 부탁하여 나폴레옹에게 전달할 수 있도록 하겠다고 약속했다.

아! 저 가엾은 식물이 며칠만 더 살아준다면!

편지를 보내고 지낸 그 시간은 샤니에게 있어 얼마나 긴 시간이었던가, 피치올라에게는 또 얼마나 길고 지루한 기다림이었을까!

하지만 마침내 감옥에 기쁜 소식이 전해졌다. 돌들이 치워지게 되었고 피치올라가 살아나게 된 것이다.

황제의 친절한 왕비가 식물을 돌보는 샤니의 이야기를 듣게 되었고 피치올라의 귀여운 행태가 적힌 손수건도 받아 보았다.

"이런 사람을 옥에 가두어 놓아서는 안 돼요." 하고 왕비는 남편에게 말했다.

샤니는 석방되었다.

그는 신이 어떻게 자기와 그 작은 식물을 보살폈는가를 보았다.

그리고 거친 사람들일지라도 친절하고 진실한 마음이 있다는 것도
깨달았다. 그는 피치올라를 절대로 잊을 수 없는 사랑스럽고 귀한
친구로서 가슴속 깊이 소중히 간직했다.

안토니오 카노바

옛날 이탈리아에 안토니오 카노바라는 어린 소년이 살았다. 그의 부모님은 어렸을 때 돌아가셨기 때문에 그는 할아버지와 함께 살았다. 할아버지는 매우 가난한 석수장이였다.

안토니오는 작은 어린아이여서 일을 할 만큼 힘이 세진 못하였다. 그는 마을의 다른 소년들과 어울리지도 않았고 대신 그의 할아버지를 따라 채석장에 가기를 좋아했다. 할아버지가 커다란 돌덩이를 깎고 다듬느라 바쁜 동안 소년은 깨진 돌 조각들 사이에서 놀곤 했다. 어떤 때는 부드러운 진흙으로 조그만 조각상을 만들어 보곤 했다. 그리고 어떤 때는 망치와 끌을 가지고 돌조각을 깎아 조각상을 만들어 보기도 했다. 그의 솜씨가 훌륭한 것을 보고 할아버지는 매우 기뻐하셨다.

"너는 훌륭한 조각가가 될 것이다." 하고 할아버지는 말씀하셨다. 그리고 그들이 저녁에 집으로 돌아오면 할머니는,

"오늘은 무엇을 하였나요, 귀여운 조각가님!" 하고 말하곤 했다.

그리고 할머니는 무릎 위에 손자를 앉히고 노래를 들려주거나 그의 마음을 멋지고 아름다운 그림들로 채워주는 이야기를 들려주곤 했다.

그 다음날 채석장에 가면 그는 돌이나 진흙으로 할머니에게 이야기 들은 그림들 중의 어떤 것을 만들어 보곤 했다.

마을에 백작으로 불리우는 한 부자가 살고 있었다. 때때로 백작은 만찬을 벌였고, 먼 곳에 사는 그의 부자 친구들이 방문하곤 했다. 그럴 때면 안토니오의 할아버지는 주방일을 도와주기 위해 백작 집에 가곤 했다. 그는 훌륭한 석수장이였을 뿐만 아니라 훌륭한 요리사이기도 했던 것이다.

어느 날 안토니오는 할아버지와 함께 백작의 저택에 가게 되었다. 도시에서 손님들이 오기로 되어 있었으며, 성대한 잔치가 벌어질 예정이었다. 소년은 요리를 할 수 없었다. 그리고 그는 심부름을 하기에도 너무 어렸다. 그러나 남비나 주전자는 닦을 수 있었다. 그리고 그는 영리하고 민첩했기 때문에, 다른 여러 방법으로 일을 도울 수 있었다.

만찬을 위한 상을 준비할 때까지 모든 일이 순조롭게 진행되었

다. 그런데 식당에서 갑자기 그릇 깨지는 소리가 났다. 그러더니 한 남자가 자기 손에 대리석 조각들을 들고는 주방으로 뛰어들어 왔다. 그의 얼굴은 창백했고 공포에 떨고 있었다.

"이 일을 어쩌나요? 이 일을 어쩌나요?" 하고 그는 소리쳤다.

"나는 식탁 중앙에 세워 놓을 조상(彫像)을 깨뜨렸습니다. 그 조상이 없이는 식탁을 예쁘게 만들 수가 없습니다. 백작님이 뭐라고 말씀하실까요?"

그 말을 듣고 다른 하인들도 걱정을 하였다. 만찬은 결국 실패하게 될 것인가? 그 모든 것은 식탁을 얼마나 멋지게 차려놓느냐에 달려 있었다. 백작은 매우 화를 낼 것이다.

"아, 우린 이제 어떻게 해야 되나?" 하고 그들은 서로를 바라보며 물었다.

그때 어린 안토니오 카노바가 그의 남비와 주전자를 놓고는 그 사람에게로 갔다.

"만약 또 다른 조상이 있다면, 식탁을 꾸밀 수 있겠어요?"

"물론이지." 하고 그 사람이 말했다.

"그 깨진 조상과 똑같은 폭과 높이의 조상이면 되지."

"제가 하나 만들어 볼까요?" 하고 안토니오가 말했다.

"아마 제가 그와 같은 것을 만들 수가 있을 거예요."

"당치도 않은 소리!" 하고 그는 소리쳤다.

"네가 누군데 한 시간 동안에 조상을 만든다는 거냐?"

"저는 안토니오 카노바입니다." 하고 소년이 대답했다.

"그가 할 수 있다는 걸 해보게 하지."

소년을 알고 있는 다른 하인들이 말했다. 믿을 수는 없지만 달리 더 이상 어떻게 할 수도 없었기 때문에 그 사람은 소년에게 한번 해보도록 했다.

주방 식탁 위에는 크고 노란 버터 한 덩어리가 있었다. 그 덩어리는 200파운드나 나갔다. 그리고 산에 있는 목장에서 금방 가져온 것이라 신선하고 깨끗했다. 주방용 칼을 손에 들고 안토니오는 그 버터를 자르고 다듬기 시작했다. 얼마 후에 그는 그것으로 몸을 웅크리고 있는 사자의 모습을 만들었다. 그러자 모든 하인들이 그것을 보려고 모여들었다.

"참 아름다운데!" 하고 그들은 소리쳤다.

"이건 깨진 조상보다도 훨씬 더 아름다워."

조상이 다 만들어지자 그 사람은 그것을 원래의 자리에 놓았다.

"식탁이 내가 꾸미려고 마음먹었던 것보다도 훨씬 더 멋있게 될 거야." 하며 조상을 깨뜨린 사람은 안토니오 카노바를 꼭 안아 주었다.

백작과 그의 친구들이 식당에 갔을 때, 맨 먼저 본 것은 식탁의 중앙에 놓여 있는 노란 사자 조각상이었다.

"대단히 아름다운 예술 작품이야!" 하고 그들이 소리쳤다.

"대단히 위대한 예술가가 아니고는 이런 조상을 조각할 수가 없을 겁니다. 게다가 그가 이것을 만들려고 버터를 선택했다니 얼마나 묘한 일인가요!"

손님들은 백작에게 그 예술가의 이름을 물어보았다.

"사실, 여러분들," 하고 그는 말했다.

"이 조각상을 만든 예술가를 저 또한 모르고 있습니다. 여러분과 마찬가지로 저에게도 대단히 놀라운 일입니다." 하며 백작은 하인장을 불러서, 어디서 그렇게 아름다운 조상을 구했는지 물었다.

"그것은 불과 한 시간 전에 주방에서 한 어린 소년이 조각한 것입니다." 하고 하인장이 말했다.

그의 말은 백작의 친구들을 더욱 놀라게 했다. 그래서 백작은 하인장에게 그 소년을 불러오도록 했다.

"귀여운 꼬마야." 하고 그는 말했다.

"너는 위대한 예술가도 자랑하고 싶어할 만한 작품을 만들었다. 네 이름이 뭐냐, 그리고 너의 선생님은 누구지?"

"제 이름은 안토니오 카노바입니다." 하고 소년이 말했다.

"그리고 전 선생님이 없어요. 다만 저희 할아버지께서 석수장이랍니다."

이때 모든 손님들은 안토니오 주위로 몰려들었다. 그들 중에는 유명한 예술가도 있었다. 그들은 그 소년이 천재임을 알았다. 그의 작품에 대한 그들의 칭찬은 이루 다 말로 할 수 없을 정도였다.

마침내 식탁에 앉았을 때, 안토니오가 그들과 동석하는 것 이외에 어떤 것도 그들을 즐겁게 해주지 못하였다. 그래서 만찬은 소년을 위한 잔치가 되었다.

다음 날, 백작은 안토니오에게 사람을 보내어 자기 집에 와서 함께 살자고 했다. 훌륭한 예술가들이 안토니오에게 체계적인 공부를 가르치기 위해 고용되었다. 그리고 버터를 조각하는 대신에 그는 이제 대리석을 깎았다.

훗날 안토니오 카노바는 이 세상에서 가장 훌륭한 조각가들 중의 한 사람으로 이름이 알려졌다.

맥스밀리언과 거위치기 소년

어느 여름, 바바리아의 맥스밀리언 왕이 시골길을 걷고 있었다. 햇볕이 따갑게 내리쬐어, 그는 나무 밑에서 쉬려고 길을 멈췄다.

시원한 그늘 속은 아주 기분이 좋았다. 왕은 부드러운 잔디 위에 누워 하늘에 떠다니는 하얀 구름을 바라보았다. 그리고 그는 주머니에서 작은 책 한 권을 꺼내 읽었다.

그러나 왕은 자기 마음을 책에 집중시킬 수가 없었다. 그의 눈은 곧 감겼고, 그는 이내 잠이 들고 말았다.

그가 깨어났을 때는 정오가 넘어서였다. 그는 풀 침대에서 일어나 주위를 둘러보았다. 그리고는 지팡이를 집어 들고 집을 향해 출발했다.

그가 1마일 이상 걸었을 때, 갑자기 책이 생각났다. 그는 그의 주머니 속에 책이 있다고 생각하였지만 그러나 그것은 그의 옷 속에 없었다. 나무 밑에 책을 놓고 왔던 것이다.

왕은 이미 상당히 지쳐 있었다. 그래서 그는 그렇게 멀리 다시 돌아가고 싶지 않았다. 그러나 그는 그 책을 아주 소중하게 생각하고 있었다.

'그것을 가지러 보낼 사람만 있다면!'

그런 생각을 하는 동안, 그는 우연히 길 근처의 빈 밭에 맨발을 한 조그만 소년을 보게 되었다. 소년은 얕은 개울을 돌아다니며 풀을 뜯어먹고 있는 많은 거위떼를 돌보고 있었다.

왕은 금화 한 닢을 손에 쥐고 소년에게로 다가갔다.

"얘, 꼬마야." 하고 왕이 말했다.

"이 금화를 갖고 싶지 않니?"

"갖고 싶어요." 하고 소년이 말했다.

"하지만 그렇게 많이 갖고 싶지는 않아요."

"만약 네가 이 길의 두 번째 모퉁이에 있는 참나무 아래까지 가서, 내가 거기에 두고 온 책을 가져온다면, 너는 이걸 가질 수 있다."

왕은 소년이 기뻐할 것이라고 생각했다.

그러나 소년은 그렇지 않았다. 그는 이렇게 말했다.

"저는 아저씨가 생각하는 만큼 그렇게 어리석지 않아요."

"무슨 말이냐?" 하고 왕이 말했다.

"아저씨는 1마일을 뛰어가서 책 한 권을 갖다 주면 그 대가로 아저씨가 금화 한 닢을 주겠다는 말을 제가 믿을 정도로 저를 어리석게 생각하시는걸요."

"그러나 내가 지금 이것을 너에게 준다면, 아마 너는 날 믿겠지." 하고 왕이 말했다.

그리고 그는 금화를 소년의 작은 손에 쥐어 주었다.

소년의 눈은 빛났다. 그러나 가지는 않았다.

"왜 그러니?" 하고 왕이 말했다.

"가지 않을래?"

소년은 이렇게 말했다.

"가고 싶어요. 하지만 거위들을 내버려둘 수는 없어요. 거위들이 뿔뿔이 흩어져 버리면 혼나거든요."

"오, 내가 거위들을 네가 책을 가지러 간 동안 봐주도록 하마." 하고 왕이 말했다.

"아저씨가 거위들을 어떻게 지키는지 보고 싶어요!" 하고 소년이 말했다.

"아마, 잠시 후면 거위들은 다 달아날 걸요."

"한 번 내가 하게만 해다오." 하고 왕이 말했다.

마침내 그 소년은 왕에게 채찍을 주고 떠났다.

소년은 조금 갔다가 이내 되돌아왔다.

"이번엔 무슨 일이냐?" 하고 맥스밀리언이 말했다.

"찰싹! 하고 채찍 소리를 내보세요!"

왕은 소년이 하는 대로 해보았다. 그러나 그는 소리를 낼 수 없었다.

"그럴 줄 알았어요." 하고 소년이 말했다.

"아저씨는 어떻게 하는 건지 모르고 계세요."

그러더니 소년은 채찍을 잡고, 왕에게 채찍으로 소리 내는 법을 가르쳐 주었다.

"자, 이제 어떻게 하는지 아셨죠?" 하고 그것을 왕에게 돌려주면서 말했다.

"만일 거위들이 달아나려 하거든, 이것을 큰소리 나게 때리세요."

왕은 웃었다. 그리고 왕은 소년이 일러 준 것을 깊이 새겼다. 소년은 곧 왕의 심부름을 위해 떠났다.

맥스밀리언은 바위 위에 앉아서 거위치기가 된 자신을 생각하며 웃었다. 그러나 거위들은 즉시 주인이 없음을 알아채고 대단히 시끄러운 꽥꽥 소리와 쉿쉿 하는 소리를 내면서, 반은 날고 반은 뛰어서 풀밭을 가로질러 달아나기 시작했다.

왕은 거위들을 쫓아갔다. 그러나 그는 빨리 달릴 수가 없었다. 그는 채찍을 땅바닥에 철썩 소리나게 내리쳤지만, 그것은 아무 소용도 없었다. 거위들은 금방 멀리 도망가 버렸다. 설상가상으로 거위들은 채소밭 안으로 들어가서는 연한 채소들을 뜯어먹고 있었다.

얼마 후 거위치기 소년이 책을 갖고 돌아왔다.

"바로 내가 걱정했던 대로군." 하고 소년이 말했다.

"저는 책을 찾아왔는데, 아저씨는 거위들을 놓쳤어요."

"미안하구나. 네가 거위들을 다시 모으도록 내가 도와줄 테니 도망간 거위들을 다시 불러 모으도록 하자."

"그래요. 그러면 제가 거위들을 채소밭에서 몰아낼 테니 저쪽으로 돌아가셔서 개울 옆에 서 계세요."

왕은 시키는 대로 하였다. 소년은 채찍을 들고 앞으로 뛰어갔다. 그리고 큰소리와 호되게 야단치는 소리를 퍼부어 거위들을 풀밭으로 몰아냈다.

"내가 훌륭한 거위치기가 못 된 것을 용서해 주길 바란다." 하고 맥시밀리언이 말했다.

"하지만 나는 왕이기 때문에 이와 같은 일에는 익숙하지 못하단다."

"왕이라구요, 정말로요!" 하고 소년이 말했다.

"제가 거위들을 아저씨에게 맡긴 것은 참 어리석은 일이었지만, 그러나 저는 아저씨가 왕이라고 믿을 만큼 그렇게 어리석지는 않아요."

"그래 좋다." 하고 맥시밀리언이 웃으면서 말했다.

"여기 금화 한 닢 더 있다. 그리고 이제 우리 친구가 되기로 하자."

소년은 금화를 받고는 그에게 감사했다. 소년은 왕의 얼굴을 올려다보고 이렇게 말했다.

"아저씨는 매우 친절한 분이시군요. 그리고 저는 아저씨가 훌륭한 왕이 되실지도 모른다고 생각해요. 그러나 아저씨가 만약 한평생을 노력한다 해도, 아저씨는 훌륭한 거위치기는 못 되실 거예요."

월터 랄리 경

영국에 월터 랄리라고 하는 용감하고 당당한 사람이 있었다. 그는 용모 또한 뛰어났고 예의도 갖추었다. 그래서 여왕은 그에게 작위를 수여하고 월터 랄리 경으로 불렀다.

랄리가 젊었을 때, 하루는 런던의 어떤 거리를 걷고 있었다. 그 당시 거리들은 포장되지 않았었다. 랄리는 매우 품위 있는 복장을 하였으며, 그의 어깨에는 아름다운 주홍색 망토를 걸쳐 입었다.

길을 따라 걸으면서 그는 진흙 속으로 발을 딛지 않고 그의 멋진 새 구두를 더럽히지 않기란 매우 어려운 일임을 알았다. 얼마 후 그는 그 길의 양쪽으로 뻗은 흙탕물 웅덩이를 만났다. 그는 어떻게 해야 하나 생각하다가, 우연히 고개를 들었다. 흙탕물 웅덩이 저쪽에서 걸어오는 사람은 과연 누구였을까?

그것은 상류층 부인들과 시녀의 행렬을 이끌고 있는 영국 여왕 엘리자베스였다. 여왕은 거리의 더러운 흙탕물 웅덩이를 보았다. 그리고 그 웅덩이 옆에 서 있는 주황색 망토를 입은 잘생긴 젊은이를 보았다. 여왕이 그 웅덩이 앞에서 매우 난감한 표정으로 서 있었다.

젊은 랄리는 자기 자신을 잊어버렸다. 그는 단지 여왕을 도울 일만을 생각했다.

그러다가 그는 그의 주황색 망토를 벗어서, 그 웅덩이에 펼쳐 깔았다. 여왕은 마치 아름다운 융단 위를 지나가듯이 그 망토 위를 밟고 지나갈 수 있었다.

여왕은 더러운 웅덩이를 무사히 건넜다. 여왕은 그 젊은이에게 감사했다. 여왕은 수행원들에게 이렇게 물었다.

"저렇게도 친절하게 우리를 도와준 그 잘생긴 신사가 누구인가?"

"그의 이름은 월터 랄리입니다." 하고 한 수행원이 대답했다.

"보답을 해야겠군." 하고 여왕이 말했다.

그 후 얼마 안 있어, 여왕은 사람을 보내어 랄리를 궁전에 오도록 했다. 그 젊은이는 궁전으로 갔다. 여왕은 영국의 대신과 귀부인들이 둘러서 있는 데서 그 젊은이에게 작위를 수여했다. 그래서 그때부터 여왕의 총애를 받는 월터 랄리 경으로 알려졌다.

월터 랄리 경과 험프리 길버트 경은 서로 이복 형제였다.

험프리 경이 처음으로 아메리카 대륙을 항해하였을 때, 월터 경이 그와 함께 있었다.

그 이후 월터 경은 사람들을 아메리카 대륙에 보내 정착하도록 하는 정책으로 오늘날 미국을 만드는 기초를 만들었다.

그러나 그가 보냈던 사람들은 당시 그곳에서 거대한 숲, 사나운 들짐승, 그리고 미개한 인디언들만 보았을 뿐이었다. 그들 중 많은 사람들이 영국으로 돌아갔다. 그리고 많은 사람들이 식량 부족으로 죽었으며, 또 많은 사람들이 인디언들과의 싸움으로 목숨을 잃었다. 마침내 월터 경은 사람들을 대륙에 보내는 것을 그만두었다.

그러나 그는 영국 사람들이 거의 전혀 알지 못했던 두 가지를 아메리카 대륙에서 발견하였다. 하나는 감자였고, 다른 하나는 담배였다.

만일 여러분이 아일랜드에 한 번 가본다면, 월터 경이 미국에서 몇 개의 감자를 가져와 심었던 그 장소를 볼 수 있을 것이다. 그는 인디언들이 어떻게 감자를 식량으로 이용하는지를 친구들에게 말해 주었다. 그리고 그는 신대륙에서처럼 유럽에서도 감자가 자랄 수 있음을 입증하였다.

월터 경은 인디언들이 담배의 잎을 피우는 것을 보았다. 그는 자신도 그것을 할 수 있다고 생각하고는 그 잎사귀 약간을 영국으로 가져왔다. 그 당시 영국 사람들은 어느 누구도 담배를 이용한 적이 없었다. 월터 경이 잎사귀를 말아서 뻐끔뻐끔 피우는 것을 본 사람이면 누구나 이상한 광경으로 생각하였다.

어느 날 그가 의자에 앉아 담배를 피우고 있는데, 그의 하인이 방에 들어왔다. 그 하인은 담배 연기가 주인의 머리 위로 맴돌아 올라가는 것을 보고, 주인의 몸에 불이 났다고 생각했다. 그는 밖으로 뛰어나가 물이 차 있는 물통을 찾았다. 그는 급히 돌아와서 월터 경의 얼굴에다 그 물을 부어 버렸다. 물론 불은 다 꺼졌다.

그 이후로 수많은 사람들이 담배를 배웠다. 그리고 현재는 모든 나라에서 담배가 피워지고 있다. 만약 월터 경이 담배를 그냥 두었다면 더 나았을 걸 그랬다.

마흔

위팅턴과 그의 고양이

1. 도시

옛날에 리처드 위팅턴이라는 이름의 소년이 있었다. 사람들은 그를 딕이라고 불렀다. 그의 아버지와 어머니는 그가 어린 아기였을 때 돌아가셨고, 그를 길러 준 사람들은 매우 가난하였다. 딕은 일을 하기엔 너무 어렸다. 그래서 그는 힘든 곤란을 겪게 되었다. 어떤 때는 아침을 굶었고, 또 어떤 때는 저녁을 굶어야 했다. 그래서 그는 빵 부스러기나 혹은 한 방울의 우유라도 생기면 무척 기뻐했다.

그때 딕이 사는 마을의 사람들은 런던에 관해 이야기하기를 좋아했다. 그들 중 아무도 그 거대한 도시에 가 본 적이 없었지만, 그들은 거기에서 볼 수 있는 훌륭한 것들에 대해 모든 것을 알고 있는

듯했다. 그들은 런던에 사는 사람은 모두 훌륭한 신사이고 숙녀이며, 온종일 아름다운 노래와 음악이 들리고, 아무도 굶주려 본 사람은 없으며 그렇다고 힘든 일을 해야만 하는 것도 아니며, 도로는 모두 황금으로 포장되어 있다고 말했다.

딕은 이런 이야기를 듣고, 런던에 갈 수 있으면 하고 바랐다.

어느 날 머리에 방울들을 단 여덟 마리의 말들이 끄는 큰 마차가 그 작은 마을로 들어왔다. 딕은 그 마차가 선술집 옆에 서 있는 것을 보고는, 그 마차는 훌륭한 도시 런던으로 가는 중임에 틀림없다고 생각하였다.

마차꾼이 나와 떠날 채비를 하자, 소년은 달려가서 마차를 따라 옆에서 걸어가도 되겠냐고 그에게 물었다. 마차꾼은 소년에게 몇 가지 질문을 했다. 그는 딕이 무척 가난하고, 부모도 없는 불쌍한 소년이라는 사실을 알게 되었다. 그는 딕에게 원하는 대로 하라고 말했다.

어린 소년이 걷기에는 먼 거리였다. 하지만 계속 옆을 따라 걸어서 그는 런던 시에 도착했다. 그는 훌륭한 광경들을 보기에 너무도 급한 나머지 그만 마차꾼에게 감사하다는 말도 잊었다. 그는 황금으로 깔린 도로들을 찾아보려고 가능한 한 빨리 이 거리 저 거리로 뛰어다녔다. 그는 예전에 금화 한 닢을 본 적이 있었고, 그것으로 많은 물건을 살 수 있다는 것을 알고 있었다. 그래서 만약 그런 도로에서 단지 조그만 금 조각을 얻기만 하더라도, 그는 그가 원하는 모든 것을 가질 수 있으리라고 생각했다.

다음 날 아침 잠에서 깨었을 때, 그는 매우 배가 고팠다. 하지만 그가 먹을 한 조각의 빵 부스러기도 없었다. 그는 황금으로 포장된 도로에 대해선 아예 잊어버렸고 오직 음식 생각만 했다. 그는 이 거리 저 거리로 뛰어다녔고, 마침내 너무 배가 고파서 만나는 사람마다 먹을 것을 살 수 있도록 1페니만 달라고 구걸하기 시작했다.

"가서 일을 해, 이 게으른 놈아." 하고 어떤 사람들은 말했고, 또 어떤 사람들은 그를 거들떠보지도 않고 지나쳐 버렸다.

"일을 할 수 있으면 좋겠는데!" 하고 딕은 말했다.

2. 부엌

딕은 이제 더 이상 걸을 수도 없을 정도로 기운이 없어지고 피로해졌다. 그는 어느 훌륭한 집의 문 옆에 주저앉았다. 딕은 자신이 태어난 작은 마을로 다시 돌아갔으면 하고 바랐다. 마침 저녁 준비를 하고 있던 요리사가 그를 보고 소리쳤다.

"거기서 뭐하는 거야, 요 꼬마 거지야! 만일 당장 이곳에서 꺼지지 않으면 뜨거운 설거지물 한 냄비를 뒤집어 씌울 거야. 그러면 넌 후다닥 뛰겠지."

바로 그때 집주인인 피츠워렌 씨가 저녁을 먹기 위해 집에 돌아왔다. 그는 누더기 차림의 어린 소년을 보고 이렇게 말했다.

"꼬마야, 여기서 뭘 하고 있니? 어쩐지 너는 게으름뱅이인 것 같구나. 일을 하지도 않고 살려고 하다니 유감이구나."

"아니에요, 정말로!" 하고 딕이 말했다.

"저는 어떤 일이든 할 일을 찾으면, 일을 하고 싶어요. 그러나 저는 이 마을에 아무도 아는 사람이 없어요. 그리고 저는 오랫동안 아무것도 먹지 못했어요."

"가엾은 애로군!" 하고 피츠워렌 씨가 말했다.

"들어오거라. 뭐 네가 할 수 있는 일이 있는지 알아보자."

그리고는 그는 요리사에게 맛있는 저녁을 그 소년에게 주라고 시키고, 그가 할 수 있는 어떤 가벼운 일이 있는지 찾아보라고 했다.

어린 딕은 그렇게 찾게 된 새 보금자리에 그 고약한 요리사가 없었더라면 무척 행복했을 것이다. 그 뚱뚱한 여자 요리사는 자주 이렇게 말하곤 했다.

"이제 너는 내 꼬마야. 그러니까 너는 내가 말하는 대로 해야 한다. 꾸물거리지 말아! 불을 지피고, 재를 내다버리고, 이 접시들을 닦고, 마루를 청소하고, 장작을 가져와! 원, 이렇게도 게으른 녀석이라니!"

그리고 그녀는 그의 귀뺨을 때린다거나 빗자루로 때리곤 했다.

마침내, 주인의 딸인 어린 엘리스가 딕이 어떻게 대우받고 있는 지를 알게 되었다. 그래서 그 아이는 요리사에게 만약 그 소년에게 친절히 대해 주지 않는다면 아버지에게 말해서 쫓겨나게 될 것이라고 말했다. 그 이후로 딕은 보다 편한 생활을 하게 되었다. 하지만 딕의 고난이 끝난 것은 아니었다.

그의 침대는 다른 사람들이 잠을 자는 방에서 멀리 떨어진 그 집 맨 꼭대기의 다락방에 있었다. 방바닥과 벽에는 많은 구멍이 나 있었고 매일 밤이면 수많은 쥐들이 기어나왔다. 쥐들은 딕이 어찌할 바를 모를 정도로 그를 괴롭혔다.

어느 날 한 신사가 그의 구두를 닦아 준 대가로 1페니를 주었다. 그래서 그는 그것으로 고양이를 사기로 마음먹었다. 그 바로 다음 날, 그는 팔에 고양이를 안고 가는 한 소녀를 만났다.

"그 고양이를 1페니 줄 테니 팔아라." 하고 그는 말했다.

"좋아, 가져가. 이 고양이는 쥐를 아주 잘 잡는단다."

딕은 고양이를 다락방에 감춰 놓고 매일마다 자기 식사의 일부를 고양이한테 날라다 주었다. 고양이는 얼마 되지도 않아서 모든 쥐들을 쫓아 버렸다. 그래서 딕은 매일 밤 편안히 잠을 잘 수 있었다.

3. 투기

그 후 언젠가 피츠워렌 씨 소유의 배가 바다를 건너 항해를 시작하기로 되어 있었다. 그 배에는 먼 나라에서 팔릴 상품들이 실려 있었다. 피츠워렌 씨는 그의 하인들에게 돈을 벌 수 있는 기회를 주고 싶었다.

그래서 그는 그의 하인들을 거실로 불러 모으고 어떤 것이든, 교역을 하기 위해서 그들이 배에 싣고 가길 원하는 것이 있는지를 물어 보았다.

모두가 보낼 것이 있었다. 그러나 딕은 돈도 없고 배에 실을 물건도 없었기 때문에, 물건을 배에 싣기 위해 분주한 다른 하인들을 따라 나가지 않았다. 엘리스는 왜 딕이 오지 않는가를 짐작하고는, 그녀의 아빠에게 이렇게 말했다.

"딕도 기회를 가져야 해요. 아빠가 그를 위해서 작은 물건이라도 배에 싣도록 해주세요. 부탁해요, 아빠!"

"아니야, 안 된다. 아가야!" 하고 피츠워렌 씨가 말했다.

"그 아이는 자기 자신의 것으로 보내야 한다."

그리고는 큰소리로 딕을 불렀다.

"이리 와 보아라. 딕! 너는 배에 무얼 실어 보낼 수 있니?"

"저는 가진 게 아무것도 없어요." 하고 딕은 말했다.

"1페니를 주고 얼마 전에 산 고양이를 빼고는요."

"그럼, 그 고양이를 가져오너라, 딕." 하고 피츠워렌 씨가 말했다.

"고양이를 보내자꾸나. 고양이가 혹시 어떤 이익을 가져다 줄지 아니?"

딕은 눈에 눈물이 고인 채 고양이를 배로 가져가서 선장에게 건

네주었다. 모두가 그의 이상한 교역 물건을 보고 비웃었다. 하지만 어린 엘리스는 그에게 미안함을 느꼈다. 그래서 그에게 다른 고양이를 사도록 돈을 주었다.

그 이후로 요리사는 전보다 더 딕을 괴롭혔다. 그녀는 딕이 고양이를 바다로 보낸 것에 대해 놀려 댔다.

"너는 그렇게 생각하니? 그 고양이가 너를 때려 줄 막대기 하나라도 살만큼의 돈이라도 받고 팔릴 것이라고?"

마침내 딕은 그녀의 학대를 더 이상 참을 수가 없었다. 그래서 그는 그의 고향인 작은 시골 마을로 돌아가기로 결심했다. 그리하여 그는 만성절 날의 아주 이른 아침에 고향을 향해 길을 떠났다.

그는 할로웨이라고 불리는 곳까지 걸어갔다. 그리고 거기서 오늘날 '워팅턴의 돌'이라고 불리워지는 돌 위에 앉았다.

그는 슬픈 마음으로 거기에 앉아서 어디로 가야 할지 망설였다. 그때 멀리서 은은하게 울려 퍼지고 있는 바우 교회의 종소리를 들었다. 그는 귀를 기울여 종소리를 들었다. 그 종소리는 그에게 이렇게 말하는 것 같았다.

"다시 돌아가요, 워팅턴으로,
런던 시장이 될 사람이여."

"그래, 그렇지!" 하고 그는 속으로 말했다.

"내가 어른이 되어 런던 시장이 되고 훌륭한 말을 타려면 어떤 일이든 참아야 해! 난 돌아갈 거야. 그리고 그 늙은 요리사에게 자기가 하고 싶은 만큼 때리고 잔소리를 하도록 할 거야."

딕은 다시 돌아왔다. 그리고 그는 아주 다행스럽게도 그 요리사가 아침을 지으려고 아래층에 내려오기 전에 부엌에 들어가 그의 일을 시작했다.

4. 고양이

피츠워렌 씨의 배는 먼 항해를 하고는 마침내 바다 저 건너편의 어느 이상한 나라에 도착했다. 그곳 사람들은 전에 어떤 백인도 본 일이 없었다. 그래서 그들은 배에 실려 있는 좋은 물건들을 사기 위해서 떼를 지어 몰려들었다. 선장은 그 나라의 왕과 교역하기를 원했다. 이 소식을 보고 받은 왕은 선장에게 궁전으로 와서 자기를 만나 보라는 전갈을 보냈다.

선장은 왕을 만나기 위해서 왕궁으로 갔다. 그는 아름다운 방으로 안내되어 은과 금으로 수놓아진 값비싼 융단 위에 놓인 의자에 앉았다. 왕과 왕비는 선장의 앞에 앉아 있었다. 그리고는 곧 많은 접시들이 만찬을 위해 들어왔다.

그들이 음식을 들기 시작하자마자 한떼의 쥐들이 갑자기 들이 닥치더니, 순식간에 모든 음식들을 헤치며 먹기 시작했다. 선장은 그것을 보고 놀라서는 그렇게 많은 쥐들이 주위에 들끓으면 불쾌하지 않느냐고 물었다.

"아, 물론이죠!" 하고 왕이 대답했다.

"이놈들은 정말 불쾌합니다. 선장께서 만약 쥐들을 없앨 수만 있다면 우리 창고 보물의 반을 주겠소."

선장은 기뻐서 펄쩍 뛰었다. 그는 어린 워팅턴이 보냈던 그 고양이가 생각났다. 그래서 그는 왕에게 그의 배에는 그 성가신 녀석들을 근절시킬 수 있는 조그만 동물이 있다고 말했다.

이번엔 왕이 기뻐서 펄쩍 뛰었다. 그가 얼마나 높이 뛰었던지 그의 노란 모자, 즉 터번이 머리에서 떨어질 정도였다.

"어서, 그 동물을 내게 가져오시오." 하고 왕은 말했다.

"만일 그것이 당신이 말한 대로 하기만 한다면, 난 당신의 배를 금으로 채워 주겠소."

선장은 고양이를 내놓는 것을 몹시 애석하다는 듯한 표정을 지으며 고양이를 가지러 배로 갔고, 그 동안에 왕과 왕비는 또 다른 만찬을 준비하도록 명령했다.

선장은 고양이를 그의 팔에 껴안고 상 위에서 쥐들이 우글거리는 것을 볼 수 있는 바로 그 시간에 궁전에 도착했다. 고양이가 펄쩍 뛰어서 쥐들에게로 뛰어나갔다.

아! 고양이는 저 귀찮은 동물들 사이에서 얼마나 큰 파괴를 행하였든지! 쥐들 대부분이 마루 바닥에 죽어 널려 있었고, 나머지는 구멍 속으로 혼비백산 사라져서는 다시는 밖으로 나올 엄두를 못냈다.

왕은 그의 생애를 통해 그렇게 기뻤던 적이 없었다. 그리고 왕비는 그런 놀라운 일을 행했던 그 동물을 자기에게 가져오도록 부탁했다.

선장은 "나비야, 나비야, 나비야!" 하고 불렀다. 그러자 고양이는 다가와서 그의 다리에 몸을 비볐다. 그는 고양이를 들어서 왕비에게 주었다. 왕비는 고양이를 만지기가 무서웠다.

하지만 선장이 고양이를 쓰다듬으며 "나비야, 나비야!" 하고 부르자, 왕비도 고양이를 조심스레 만졌다. 그녀는 단지 "푸티, 푸티, 푸티!" 하고 고양이를 불렀다. 그녀는 영어를 할 줄 몰랐기 때문이다.

선장은 이번엔 왕비의 무릎 위에 고양이를 내려놓았다. 거기서 고양이는 갸르릉 갸르릉 소리를 내다가 잠이 들었다.

왕은 고양이를 꼭 사야겠다고 생각했다. 그는 즉시 배에 실려 있는 모든 물건을 사겠다고 선장과 흥정했다. 그리고 고양이에 대해선 그 이외의 모든 물건의 열 배나 되는 값을 그에게 주었다.

선장은 대단히 기뻤다. 그는 왕과 왕비에게 작별을 고하고, 바로 다음 날 영국을 향해 출항했다.

5. 행운

어느 날 아침 피츠워렌 씨는 그의 사무실 책상에 앉아 있었다. 그때 누군가 조용히 그의 문을 두드리는 소리가 들렸다.

"누구십니까?"

"친구입니다. 당신의 배 '유니콘'에 관한 소식을 가지고 왔어요."

그 말에 피츠워렌 씨는 자리에서 벌떡 일어나 문을 열었다.

거기에는 한 손에 선하 증권을 들고 다른 한 손에는 보석 상자를 들고 기다리는 선장이 서 있었다. 그는 너무도 기뻐서 눈을 들어, 그런 행운을 보내 준 하늘에 감사하였다.

선장은 곧이어 고양이에 관한 이야기를 하였다. 그런 다음 그고양이에 대한 대가로 왕과 왕비가 가엾은 딕에게 보내준 귀중한선물을 보여주었다.

선장의 이야기를 듣고 피츠워렌 씨는 그의 하인들에게 소리쳤다.

"가서 딕을 불러오거라, 그리고 소식을 전해 주어라. 그리고 그의 이름을 이제 위팅턴 씨라고 부르거라."

옆에 서 있던 하인들 중의 몇몇은 그렇게 거대한 선물을 순진한 꼬마에게 주어서는 안 된다고 말했다. 그러나 피츠워렌 씨는 그들에게 얼굴을 찌푸리며 말했다.

"이것은 그 아이 자신의 것이다. 나는 단 1페니도 빼앗지 않을 것이다."

사무실로 오라고 전갈을 받았을 때 딕은 남비를 닦고 있었다.

"어휴, 저는 지금 너무 더러워요!" 하고 딕이 말했다.

그러나 하인들은 그에게 빨리 오라는 말만 재촉했다.

피츠워렌 씨는 그를 위해 의자 하나를 준비하도록 했다. 딕은 그들이 자기를 놀리려고 하는 줄로만 알았다.

"제발 저 같은 불쌍한 아이한테 장난치지 말아주세요." 하고 그는 말했다.

"부디 절 일하러 돌아가게 해주세요."

"위팅턴 군." 하고 피츠워렌 씨가 말했다.

"이것은 절대 농담이 아니네. 선장이 고양이를 아주 귀한 값에 팔았네. 그리고 고양이에 대한 대가로 내가 이 세상에서 가진 전 재산보다도 더 많은 것을 가지고 왔다네."

그리고 나서 그는 보물들이 든 상자를 열어 딕에게 그의 보물들을 보여주었다.

그 가엾은 소년은 어떻게 해야 될지 몰랐다. 그는 주인에게 그것의 일부를 갖도록 간청했다. 피츠워렌 씨는 이렇게 말했다.

"아니야. 이것은 모두 자네 것이네. 나는 자네가 이것을 잘 이용할 수 있을 것이라고 믿네."

딕은 그래서 그의 주인과 어린 엘리스에게 약간의 보석을 주었다. 그들은 딕에게 감사하였다. 그리고 그의 행운에 대해 대단히 기쁘게 생각한다고 말했다. 그들은 그 귀한 보석들이 딕의 것이라고 다시 한 번 강조하였다.

그러나 딕은 너무 착한 마음씨를 가졌기 때문에 모든 것을 혼자서 가질 수는 없었다. 그는 멋진 선물들을 선장과 선원들, 그리고 피츠워렌 씨 집안의 하인들에게 골고루 나누어 주었다. 그는 심지어 그 야속한 늙은 요리사조차도 빼놓지 않았다.

그 후 위팅턴은 세수를 하고, 머리를 말아올리고, 그리고 한 벌의 멋진 옷을 차려 입었다. 그러자 그는 런던 거리를 걷는 어떤 젊은이 못지 않은 잘생긴 젊은이가 되었다.

그 후 런던에서 가장 아름다운 교회에서 멋진 결혼식이 있었다. 바로 엘리스 양이 리처드 위팅턴의 아내가 되었던 것이다. 그곳에는 시장과 대법관들과 주장관들 그리고 많은 부유한 상인들이 그들의 아름다운 결혼식을 축하해 주었다.

그리고 리처드 위팅턴은 대상인이 되어 런던에서도 상류층의 사람이 되었다. 그는 런던 시의 지사가 되었고 세 번이나 시장이 되었다. 그리고 헨리4세는 그에게 작위를 수여했다.

그는 런던에 있는 유명한 뉴게이트 감옥을 건립했다.

그 감옥의 앞쪽에 있는 아치 위에는 리처드 위팅턴 경과 고양이의 상이 있다. 삼백 년 동안이나 런던을 방문하는 모든 사람들이 그 상을 구경했다.

마흔하나

어리석은 사람

옛날 어느 곳에 자기 아내가 집안 살림을 제대로 하지 않는다고 생각하며 아내에게 항상 불만을 터트리는 남자가 있었다. 그 사람은 아내가 이것도 엉터리로 하고 저것도 엉터리로 해서, 이것은 이렇게 하면 좀 더 낫게 할 수 있는데, 저것은 저렇게 하면 좀더 낫게 할 수 있었던 것이라는 식으로 생각을 하는 것이었다.

어느 날 밤, 그가 일하고 돌아와서 늘 하던 대로 잔소리를 하면서 소리를 지르기 시작하자, 마침내 아내가 말했다.

"당신은 언제나 기분이 좋은 적이 없군요. 그러니 이제 당신과 내가 하는 일을 서로 바꾸기로 해요. 당신이 내가 할 일을 하세요. 그러면 나는 당신 대신에 들에 나가서 일을 할 테니까요. 그렇게 하면 어떻게 하는 것이 좋은지 당신도 내게 알려줄 수가 있을 거예

요."

그 남자는 그것이 좋은 아이디어라고 생각했다.

그래서 다음 날 아침, 그의 아내는 어깨에 큰 낫을 둘러메고 들일을 하러 나갔고 그 남자는 집안 살림을 하기 위해 집에 남았다.

그런데 그는 한참 동안 그저 누워만 있을 뿐이었다. 별달리 할 일이 없었다. 하릴없이 몸을 긁적거리거나 낮잠을 자거나 벽을 기어오르는 파리에게 말을 걸거나 하면서 한가하게 보냈다. 그는 집에 있는 게 무척 편하다고 생각했다.

그렇게 한동안을 보내더니 그는 이제 저녁식사 준비를 위해 무언가 하지 않으면 안 되겠다는 생각을 겨우 했다. 그는 먼저 버터를 만들어야겠다고 생각했다. 버터를 만들기 위해 몇 분 동안 우유를 젓고 있자니 그는 목이 말랐다. 그래서 지하실로 내려가서 맥주를 한 잔 마시고 와야겠다고 생각했다.

그는 지하실로 내려가서 맥주통의 뚜껑을 열었다. 이때 문을 모두 열고 있었기 때문에, 위층에 있는 부엌으로부터 돼지가 코를 킁킁거리며 들어오는 소리가 들려왔다. 문득 그는 그 돼지가 틀림없이 우유를 젓던 그릇을 뒤집고 말 것이라는 데에 생각이 미쳤다. 그래서 뚜껑에서 맥주가 쏟아져 내리는 것도 그대로 두고 허둥지둥 지하실 계단을 한걸음에 뛰어올라갔다.

그가 부엌에 도착하니 돼지는 역시 우유 그릇을 뒤집어놓고 있었다. 미끌미끌한 우유 크림을 온 부엌 바닥에 발라 놓고 푸우, 킁

쿵 하는 소리를 내면서 크림을 뒤집어 쓴 돼지가 서 있었다. 게다가 이 남자는 크림 덩어리에 미끄러져서 더욱 화가 났다. 그래서 악을 쓰면서 그 돼지를 보기 좋게 걷어차서 마루 바닥에 넙죽 엎어지게 했다.

바로 그때, 그는 맥주통의 뚜껑을 열어 놓고 온 것이 퍼뜩 생각났다. 그는 한꺼번에 두 계단씩 지하로 뛰어 내려갔지만 맥주통의 맥주는 이미 한 방울도 남김 없이 흘러나와 지하실 바닥을 온통 질척하게 만들어 놓았다.

"이제 끝장났군."

그는 화가 나서 빈 맥주통을 걷어차 버렸다.

"우유 젓는 그릇에 다시 크림을 넣어 버터나 만들어야겠다."

그러나 버터를 다시 만들기 시작하면서 그는 소를 외양간에서 내보내지 않았다는 사실을 깨달았다. 소는 어제부터 그곳에 갇혀 있었기 때문에 오전 내내 풀 한 포기, 물 한 방울 먹지 못한 상태인 것이다. 그래서 그는 소를 밖으로 내보내려고 급히 외양간으로 뛰어갔다. 그는 소가 항상 있던 풀밭으로 소를 데려가려다가 그제야 시간이 너무 늦었다는 것을 깨달았다. 그래서 그는 생각을 바꾸었다.

'이제 곧 저녁 먹을 시간이잖아. 소를 거기까지 데려갈 시간은 안 되겠어. 그냥 지붕으로 올려보내서 그곳을 최대한으로 이용해야겠다.'

이렇게 생각한 이유는 그가 살고 있는 집의 지붕은 대개의 시골 집이 그러하듯 초가지붕이었고, 그곳에는 풀이 돋아나 있었기 때문이었다.

그러나 문제는 어떻게 그 소를 지붕 위로 올라가게 하느냐는 것이었다. 다행히도 그 집은 낮은 언덕과 마주보고 세워져 있었기 때문에, 만약 그가 두꺼운 널빤지를 구할 수 있다면 소가 그 널빤지를 타고 언덕에서 지붕으로 건너갈 수 있을 것이라고 생각했다. 여기까지 생각이 미친 그는 널빤지를 찾기 시작했고, 마침내 딱 알맞은 널빤지를 하나 찾아냈다. 이때 갓난아기가 방바닥을 기어다니다가 우유 젓는 그릇을 뒤집어놓을지도 모를 거라는 생각이 들자, 그 그릇을 부엌에 잠시도 그대로 둘 수가 없다는 생각이 들었다. 부엌으로 다시 돌아간 그는 어떻게 할까 하고 잠시 고민하다가 한 가지 묘안을 생각해 냈다. 우유 크림이 담긴 그릇을 등에 둘러매는 것이었다.

그는 그 우유 그릇을 등에 매고 비틀거리며 밖으로 나갔다. 그때 갑자기 그는 소가 아직 물을 마시지 못했다는 것을 깨달았다. 지붕 위에는 마실 것이 없었기 때문에 그는 소를 지붕 위에 올려보내기 전에 먼저 물을 먹이기로 했다. 그는 우물에서 물을 뜨려고 몸을 아래로 숙였다.

그 순간 그의 등에 매어져 있던 우유 그릇도 함께 기울어지는 바람에 그 속에 있던 우유 크림들이 모두 쏟아졌다. 우유 크림은

그의 목과 귀, 머리 할 것 없이 전부 타고 흘러서 그 우물 속으로 흘러들어 가 버렸다.

일은 하나도 제대로 한 게 없는데 어찌나 경황이 없었던지 그는 몹시 피곤했다. 아무튼 그는 소를 지붕 위에 올려놓는 일에는 성공했는데, 저녁식사 준비를 아무것도 하지 못해서 걱정이 되었다. 그는 모든 것을 그대로 놔두고 오트밀 만이라도 얼마쯤 만들어야겠다고 마음을 먹었다. 그래서 그릇에 물을 가득 채우고 불에 올려놓는데 문득 그의 머리를 스치는 생각이 있었다.

'내가 부엌에 있는 사이에 혹시 그 소가 지붕에서 떨어진다면 어떻게 하지?'

그는 밧줄을 찾아서 되도록 빨리 지붕으로 달려 올라갔다. 소는 아직 거기 있었다. 우선 밧줄을 소의 목에 묶으려고 했는데 소가 싫어했기 때문에 소의 발에 묶었다. 그런데 밧줄의 다른 한쪽 끝을 어디에 묶어야 할지 몰라 서성이다 한 가지 방법을 생각해 냈다. 밧줄을 굴뚝 속으로 늘어뜨리고 지붕에서 내려와 서둘러 부엌으로 뛰어갔다. 그리고 굴뚝을 타고 내려온 밧줄 끝을 집어 올려서 자기 발에다 묶었다.

그러는 사이에 오트밀 단지의 물은 끓다못해 모두 증발해 버리고 말았다. 오트밀 식사 준비도 전혀 하지 못했는데 이제 곧 저녁 먹을 시간이 되었다.

그런데 드디어 일이 터졌다. 그가 오트밀을 다시 가지러 달려갔을 때, 그 소가 지붕에서 떨어져 내린 것이다. 밧줄에 묶인 소는 완전히 바닥에 내려오지 못하고 벽 중간쯤 허공에서 줄에 대롱대롱 매달려 흔들거리고 있었다. 그리고 그 밧줄 때문에 그 남자의 발도 끌어올려져서 굴뚝의 중간쯤에 멈춰진 채 줄에 대롱대롱 매달리게 되었다.

한편 그의 아내는 밭에서 열심히 일을 했다. 그리고 그녀를 위해서 다른 사람이 요리한 저녁, 즉 뜨거운 김이 피어오르는 모든 식사 준비가 끝난 식탁과 또 뭔가 기분 좋게 마실 시원한 것을 생각하면서 집으로 돌아가는 게 얼마나 멋진 일인가 하고 생각했다. 그러나 해가 기울었는데도 남편은 그녀를 부르러 오지 않았다. 그녀는 기다리다 못해 집으로 돌아가기로 생각했다. 그녀가 집 가까이

에 이르렀을 때 그녀는 집의 외벽 중간쯤 허공에 불쌍한 늙은 소가 매달려 있는 것을 볼 수 있었다.

"아이고, 큰일났네!"

깜짝 놀란 그녀는 등에 둘러매었던 큰 낫을 달그락거리며 허겁 지겁 소가 있는 곳으로 달려갔다. 그리고 큰 낫으로 밧줄을 끊어버 렸다. 허공에 매달렸던 소는 바닥에 떨어졌다.

한편 그녀가 밧줄을 끊자 밧줄이 굴뚝 속으로 빨려들어 가면서 밧줄의 다른 한쪽 끝에 매달려 있던 남자는 어쩔 수 없이 바닥에 세 게 떨어져 버렸다. 물론 그의 아내는 그런 것은 전혀 몰랐다. 다만 저녁식사 준비가 다 되어 있기를 간절히 바라면서 부엌에 들어갔 다. 그곳에는 그의 남편이 오트밀 그릇에 머리를 거꾸로 처박은 채 있었다.

마흔둘

모델의 두 얼굴

천재 화가 레오나르도 다빈치의 그림 가운데 '최후의 만찬'이라는 작품이 있다. 예수가 죽기 전에 열두 제자와 함께 만찬을 하는 장면을 그린 명화이다.

레오나르도 다빈치는 12제자의 모습을 모두 화폭에 담고 나서 마지막 작업으로 예수의 모습을 남겨놓고 심한 고민에 휩싸이게 된다.

위엄과 사랑, 자비, 화해의 모습을 담은 성인의 얼굴을 찾기란 쉽지 않았으며 더군다나 스승을 배신한 추악한 죄인을 위해 자신을 아낌없이 내어 주는 희생적이고 감동적인 모습을 쉽게 그려낼 수 있을 것 같지 않았다. 그런 얼굴이란 이 세상에 존재하는 어떤 모습으로도 표현되지 않을 것 같았기 때문이다.

다빈치는 자신의 모자람을 한탄하며 모델을 찾아 거리를 방황하기도 했지만 만나는 얼굴마다 실망스러울 뿐이었다.

어느 날 그는, 잔뜩 취해 비틀거리는 취객과 부딪혀 심한 욕설과 입에 담지 못할 정도의 험담을 들어야 했다. 그 취객의 얼굴은 일그러질 대로 일그러진 악마의 모습 그대로였다. 늦은 시간까지 성자의 모습을 찾아 무작정 거리를 헤매다 구겨진 종이처럼 피곤한 몸으로 집으로 돌아오기를 반복했다.

그는 절망했다. 찾고자 하는 성자의 얼굴은 보이지 않고 거리에는 온통 험상궂은 악마의 얼굴들만이 돌아다니고 있었다. 시장에도, 거리에도, 술집에도, 공원에도 성자의 모습은 보이지 않았다. 더군다나 그림 속에 비워둔 스승의 얼굴 부분을 향해 붓을 들기만 하면, 거리에서 부딪혔던 취객의 얼굴이 떠올라 그냥 붓을 던져 버리는 경우도 있었다.

그러던 어느 날, 거리를 헤매던 다빈치는 자신의 눈을 의심했다. 그토록 찾아 헤매던 성자의 얼굴을 만난 것이었다. 평화롭고 고요한 그 남자의 얼굴에는 미소가 가득했고 세상 모든 죄악을 받아들여도 성자의 모습으로 덮어 줄 것 같은 모습이었다. 다빈치는 그 남자에게 모델이 되어 줄 것을 부탁했고, 그 남자는 흔쾌히 수락했다. 그리고 다빈치는 약속 시간을 정한 후 기쁜 마음으로 돌아와 그림 도구를 정리했다.

며칠 후, 그림을 완성한 다빈치는 무엇을 하는 사람이며 어떤 생활을 하고 지냈는지를 그 남자에게 물었다.

남자는 잠시 망설였지만 이내 자신의 지난날을 덤덤하게 털어놓기 시작했다. 따뜻한 미소를 잃지 않으면서…….

이야기를 듣고 난 다빈치는 성자의 모습으로 모델이 되어 준 그 사람이 바로 얼마 전 거리에서 부딪혔던 취객이었다는 것을 알게 되었다.

얼마 전까지만 해도 술과 방탕한 생활에 빠져 거리를 배회하던 주정꾼이었는데 지금은 새 삶을 찾고 봉사하며 참된 길을 가고 있다고 남자는 고백했다.

그는 술에 취한 흉측한 몰골의 주인공이었다고는 상상하기 어려울 만큼 사랑 가득한 얼굴로 다빈치 앞에 앉아 있었다.

불만과 절망, 그리고 끝없는 욕망 앞에서 허덕이며 방황하던 악마의 모습이었다고 생각하기 어려울 만큼 아름답고 평화로운 성자의 모습으로 앉아 있는 것이었다.

그림을 완성시키면서 다빈치는 이렇게 생각했다.

'성자의 모습, 악마의 모습은 다른 곳에 있는 것이 아니라고……'

호랑이를 탄 남자

옛날 어느 곳에 무서운 호랑이 한 마리가 있었다. 어느 날, 비바람이 강하게 불면서 뇌우와 번개가 세게 몰아쳤기 때문에, 호랑이는 비에 맞지 않으려고 마을의 작은 집 처마 밑으로 기어들어 갔다. 호랑이는 벽에 착 붙어 있기만 한다면 비바람에 몸이 많이 젖지는 않을 것이라고 나름대로 생각한 것이다. 그래서 호랑이는 되도록 벽에 착 붙어서 엎드려 있었다.

그때 그 집 안에서는 할머니가 매우 화가 나서 악을 쓰고 있었다. 그 작은 집의 지붕은 많이 낡아 있었기 때문에 비바람이 많이 몰아치자 집 안 여기저기에 빗물이 새기 시작했던 것이다. 그리고 가구들이 빗물에 흠뻑 젖게 되자 할머니는 조금이라도 물건들을 구하기 위해 집 안을 악을 쓰며 뛰어다니고 있었다.

"오오, 이 쉴 새 없이 새는 비! 속상해 못 살겠어!"

비 새는 곳이 더욱 늘어나자 할머니는 다시 한번 이렇게 소리치고는 비탄에 빠지는 것이었다.

"오오, 이 쉴 새 없이 새는 비! 속상해 못 살겠군. 겨우 이삼일 조금 편안해지는가 싶더니, 이것으로 끝장이 나는구나. 또 쉴 새 없이 새는 비가 나를 괴롭히는구나!"

그녀가 소리치는 것을 밖에서 엿듣고 있던 호랑이는 그 '쉴 새 없이 새는 비'라는 것을 눈으로 본 적도, 귀로 들어본 적도 없었기 때문에 이런 생각을 하였다.

'쉴 새 없이 새는 비라는 놈은 커다란 괴물임에 틀림없어. 나보다 훨씬 크고 사나운 놈이겠지. 그럼, 나는 어떻게 해야 하지?'

만약 그토록 심한 장대비가 아니었다면, 호랑이는 그 '쉴 새 없이 새는 비'가 자신을 덮치기 전에 얼른 내달려서 이곳을 벗어나고 싶었다.

호랑이는 한동안 실제로 폭풍우가 미쳐 날뛰고 있는 것을 한쪽 귀로 들으면서, 또 다른 쪽 귀로는 할머니가 소리치는 것을 들으면서 벽에 찰싹 달라붙어 있는 수밖에 없었다. 폭풍우와 쉴 새 없이 새는 비, 둘 중에 어느 편이 더 무서운가를 생각하고 있었던 것이다. 그리고 할머니가 떨어지는 빗물에 닿지 않도록 가구를 이리저리 마루 바닥에 끌면서 움직일 때마다 질질, 꽈당, 와글와글 하는 소리가 들렸기 때문에, 그는 네 발을 모두 떨면서 생각했다.

'저건 쉴 새 없이 새는 비가 울부짖는 소리야. 나한테 덤벼들지 않으면 좋겠는데.'

그런데 그가 이토록 비참하게 벽에 찰싹 늘어붙어 있는 사이에 한 남자가 다가왔다. 그는 뇌우와 번개가 겁이 나서 도망쳐 버린 자신의 나귀를 찾고 있는 중이었다. 그리고 번개가 번쩍 하고 작열하는 그 순간, 그는 그 집 벽에 달라붙어 있는 커다란 짐승이 자신의 나귀라고 생각했다. 번개가 번쩍거릴 때, 즉 한순간 밝아졌던 바로 그 다음 순간에는 주위가 깜깜해져서 사물을 분간할 수 없기 때문에 묵직한 덩치만 보고 그냥 그렇게 판단했던 것이다. 그는 그 호랑이 곁으로 달려가서는 그 짐승의 한쪽 귀를 잡아당기며 말했다.

"이 망할 것! 이 망할 것! 비바람 속에서 이 일대를 다 뒤지게 하다니! 네 놈 때문에 흠뻑 젖어버렸잖아!"

그러더니 그는 허리춤에 있던 몽둥이를 꺼내들고 그 호랑이를 매질하기 시작했다.

한편 호랑이는 한 번도 이런 일을 당해 본 적이 없었기 때문에 어찌할 바를 몰랐다. 호랑이는 겁이 더럭 났다.

'앗! 그래, 이게 바로 쉴 새 없이 새는 비로구나. 나한테도 덮쳐 왔나 보다!'

그 남자는 마구 찌르고 때리면서 호랑이를 집으로 몰았다. 호랑이로서는 그것이 쉴 새 없이 새는 비라고 생각했기 때문에 싸울

생각은 아예 하지도 않고 되도록 온순하게 명령을 따랐다.

'과연 할머니가 무서워할 만하군. 정말 무서워!'

그 남자는 호랑이의 등에 타고는 계속해서 걷어차거나 욕을 하면서 집으로 갔다. 드디어 집에 닿자, 그 남자는 겁에 질려 벌벌 떨고 있는 호랑이를 문 앞에 있는 기둥에다 매어놓고 잠을 잤다. 하지만 호랑이는 날이 새도록 벌벌 떨면서 이런 생각을 했다.

'쉴 새 없이 새는 비가 곧 돌아오지 않았으면 좋겠는데. 그 할머니가 말한 것처럼 이삼 일 조용히 있어 준다면 정말 바랄 것이 없겠어.'

다음 날 아침, 밖으로 나와 본 그 남자의 아내는 호랑이가 현관 기둥에 매어져 있는 것을 보고 펄쩍 뛰며 놀랐다. 그녀는 얼른 남편한테 가서 소리쳤다.

"어젯밤 당신이 무엇을 데려왔는지 알아요?"

"물론 알고 말고! 그 가엾은 나귀지."

"참, 이상한 모양을 한 나귀예요. 이리 와서 보세요."

그 남자는 잠을 충분히 자지 못했기 때문에 투덜투덜 불평을 늘어놓으면서 바지를 입고 나가보았다. 그리고 자신이 어젯밤 정말로 데려온 현관의 동물을 보고는 그만 정신을 잃고 말았다. 그는 저녁때가 되어서야 겨우 다시 정신을 차릴 수 있었다.

그 후 그 소문은 입에서 입으로 전해졌다. 그 남자가 호랑이를 탔다는 이야기가 온 나라에 퍼졌다. 임금님도 직접 와서 그 소문이 사실이라는 것을 알고는 그에게 비단을 상으로 내리고 아름다운 집에서 살면서 호랑이를 탔던 사람답게 생활할 수 있도록 금화가 가득 담긴 자루를 주었다.

그러던 어느 날, 이웃 나라의 적군들이 말을 타고 쳐들어왔다. 그들은 매우 수가 많았기 때문에 임금님은 어떻게 해야 할지 몰랐다. 그래서 그는 명령을 내렸다.

"호랑이를 탄 그 남자를 불러오라! 그런 남자라면 놈들을 꼼짝 못하게 쳐부수리라!"

이윽고 몸집이 크고 사나운 말 한 필을 보내서 그 남자가 그 말을 타고 오도록 명령하였다. 그 남자는 임금님의 전갈과 그 말을 보고 나서 겁이 덜컥 났다.

'이거 큰일났구나!'

그는 자신의 아내에게 말했다.

"내가 이 위기를 구해야 해! 내가 적군을 내쫓아 버려야 해! 하지만 나는 태어나서 이제까지 말이라곤 타본 적이 없는데. 그리고 이 말을 좀 봐! 눈을 부릅뜨고 나를 보고 있잖아."

"그렇게 떠들지만 말고 연습하면 되잖아요. 아무튼 타보라고요. 말잔등 위로 뛰어오르는 거예요."

그래서 그는 말잔등으로 뛰어오르기로 했다. 하지만 몇 번이나 뛰어올랐지만, 이 말의 등까지는 도저히 뛰어오를 수가 없었다. 보다 못한 그의 아내가,

"더 높이 뛰어올라야지." 하고 말했다.

그는 외마디 비명을 지르듯이 소리쳤다.

"더 높이 뛰어올라야 한다고!"

그는 더 높이 뛰어오르려 했지만 잘 되지 않았다. 결국 그는 얼굴부터 땅에 떨어져 버렸다.

"문제는 말야, 뛰어오르면 나는 어느 쪽으로 향해야 되는지 분간을 못하고 당황해서 저쪽으로 떨어진단 말이야."

"어느 쪽이냐 하면, 당신 얼굴이 말 얼굴과 가까워지는 방향이 되면 되는 거예요."

"그래 맞아."

그 남자는 다시 말에 뛰어올랐다. 이번에는 말 등에 올라 탈 수 있었다. 그러나 그의 얼굴은 말꼬리쪽을 향하고 있었다.

"안 돼요. 틀렸어요!"

그래서 그는 다시 말에서 떨어져야 했다. 이렇게 그는 말 위에 뛰어올랐다가는 굴러 떨어지고, 말을 끌어당기거나 헛발질을 하거나, 발판인지 고삐 줄인지, 아니면 말의 꼬리인지 모두가 뒤죽박죽이 된 채로 몇 번이고 시도를 해보았다. 그러던 중에 그는 말의 등에 올라앉게 되었다. 그는 소리를 질렀다.

"서둘러! 내가 다시 떨어지기 전에 나를 빨리 묶는 거야!"

아내는 밧줄을 가지고 달려왔다. 그리고 서둘러서 그의 발을 발딛는 데다 묶고, 밧줄을 말 아래로 돌렸다가 그의 허리에 묶고, 그의 어깨에 두른 밧줄을 서둘러 말 목에 매고, 목에 둘렀던 로프를 서둘러 말꼬리에 묶는 식으로 단단히 붙들어 매었다. 그 순간 말은 내달리기 시작했다.

"여보, 여보, 아직 손을 묶지 않았어. 손이 흔들거리고 있어!"

그 남자가 말하자 아내가 뒤에서 좇아오며 소리쳤다.

"말 목덜미에 매달려요!"

말이 더욱 빨리 달렸기 때문에 그는 양손으로 말의 갈기를 휘감고 꼭 매달렸다. 말은 흙먼지를 날리며 들을 건너고 담을 뛰어넘고 시냇물을 건너 벽을 타 넘고 마구 앞으로 나아갔다. 바람이 그의 코를 횡하니 지나가면서 코가 빨개졌다.

"이놈의 말이 나를 저 적군의 한복판으로 데려갈 셈이야? 어이, 어이! 말해 두겠지만, 나는 가지 않을 거야!"

그는 말에게 외쳤다. 그리고 말을 세우기 위해 말의 갈기에서 한 손을 떼어내서 작은 나무를 붙들었다. 그러나 말은 매우 빨리 달리고 있는데다가 그 나무가 있던 주위의 땅이 비 때문에 매우 미끄럽게 되어 있어서 그 나무는 그의 손에 뽑혀 버리고 말았다. 이렇게 해서 그는 손에 나무를 움켜쥔 채 사나운 말을 타고 큰 소리로 외쳐대고 있었던 것이다. 그렇게 질주해 오는 그의 모습을 본 적군은 두려움에 떨었다.

"보았나! 저 녀석은 우리를 무찌르려고 나무를 뽑아든 거야! 나무 하나를 송두리째 말이야. 그 호랑이를 탔다는 사나이임에 틀림

없어.”

　그리고는 모두들 지레 겁을 먹고 도망치기 시작했다. 이윽고 적
군들의 모습이 하나도 보이지 않게 되었다.

　마침 그때 말이 우뚝 멈춰 서자 밧줄이 뚝 끊어지고, 남자는 말
등에서 굴러 떨어졌다. 다행스럽게도 근처에는 보는 사람이 아무
도 없었다. 호흡을 제대로 가눈 뒤, 그는 고삐 줄로 말을 이끌고 터
벅터벅 걸어서 집으로 향했다. 그는 그러는 편이 좋았던 것이다.
왜냐하면 무슨 일이 있어도 다시는 말을 탈 생각이 없었기 때문이
었다.

　사람들은 그가 돌아오는 것을 보고는 이렇게 말했다.

　“얼마나 멋진 사나이인가! 혼자서 적군을 몰아내다니! 다른 사

람이라면 자기 호랑이 위에 거만스럽게 걸터앉거나, 아니면 말을
타고 달려오면서 나 보란 듯이 으스댈 텐데, 그는 보통 사람처럼
마치 전혀 용감하지 않다는 듯이 자신의 두 발로 걸어서 돌아오고
있지 않은가!"

마흔넷

욕심쟁이 거미

옛날에 어느 곳에도 초대받지 못하고 있었지만 파티에 몹시 나가고 싶어하는 거미가 있었다. 어느 날 그 거미는 개미들이 서로 소식을 전하면서 땅바닥을 기어다니고 있는 것을 보았다. 거미는 무언가 대단한 소식일 거라고 지레짐작을 했다. 그리고 그들이 분명 파티에 대해서 이야기를 하고 있다고 생각했다. 거미는 그 파티가 어디서 열리는지 엿듣기 위해 거미줄을 타고 내려왔다.

바로 그때, 나무에 앉아 있던 미련한 산비둘기가, "어쩌나, 어쩌나!" 하고 중얼대는 통에 거미는 개미들이 하는 이야기를 한 마디도 알아들을 수가 없었다.

거미는 다시 한번 바람의 힘에 의지하여 좀더 가까이 다가가서 이야기를 들어보려고 애를 썼다. 그러나 이번에도 나무 위의 그 미

련한 산비둘기가, "어쩌나, 어쩌나!" 하고 다시 울어댔기 때문에 역시 한 마디도 알아듣지 못했다.

거미는 엿들을 방법을 다시 생각해 보았다. 그리고는 자신의 아이들을 불러 모아서 이렇게 말했다.

"나는 무슨 일이 있어도 파티에 나가고 싶단다. 그러니까 너희들이 좀 도와주렴. 지금부터 너희들은 개미들이 무슨 말을 하는지 엿듣고 나에게 알려주렴. 그러면 파티가 어디서 열리는지 알 수 있을 거야."

거미는 자신의 네 아이들을 사방으로 보냈다. 이윽고 아이들은 각자 자신의 실에 매달려 바람에 흔들리면서 엄마 거미에게로 왔다.

첫 번째 아이가 와서 말했다.

"토끼가 파티를 하려고 하지만 언제 할 것인지는 아직 정하지 않았어요."

"그렇다면 내 몸에 실을 묶어라. 파티가 시작될 때 네가 이 실을 당기면 내가 가마."

거미가 말하자 첫째 아이는 그 거미의 몸에 실을 묶어두고 바람에 흔들리며 가버렸다.

다음에 거미의 둘째 아이가 바람에 흔들리며 돌아왔다.

"양들이 파티를 하려고 하지만 언제 할지는 아직 모르겠어요."

"그렇다면 내 몸에 실을 묶어라. 그리고 파티가 시작될 때 잡아당겨서 알려다오. 네가 이 실을 당기면 내가 곧 가마."

그래서 거미의 둘째 아이도 거미의 몸에 실을 묶고 바람에 흔들리며 가버렸다.

그리고 거미의 셋째 아이가 와서는 표범이 파티를 하려고 한다고 말했다. 잠시 후에는 거미의 넷째 아이도 돌아와서 개구리가 파티를 하려 한다고 말했다. 하지만 그들은 모두 파티가 언제 열리는지는 모른다고 말했다. 그래서 그 새끼 거미들도 모두 어미 거미 몸에다 실을 묶고는 각자의 방향으로 바람에 흔들리며 가버렸다.

둥근 달이 뜬 어느 아름다운 밤, 거미의 몸에 묶인 네 개의 줄이 동시에 똑같이 당겨지기 시작했다. 한 줄은 그를 동쪽으로 또 한 줄은 서쪽으로 끌어당겨졌다. 그리고 다른 또 한 줄은 이쪽으로 당기고, 나머지 한 줄은 저쪽으로 끌어당겼다.

마침내 거미는 고통스럽게 소리쳤다.

"그만둬! 내 몸이 두 동강이 나겠어!"

그러나 그의 네 아이 모두 그 소리를 알아듣지 못했다. 거미는 매우 괴로웠다. 그리고 정말로 이제는 자신의 몸이 두 동강으로 되겠다고 생각했을 때 그 실들이 모두 탁 하고 끊어졌다.

이렇게 해서 거미는 어느 파티에도 가지 못했으며, 이후로 거미의 허리는 가늘어질 대로 가늘어지고 만 것이다. 그러나 이것으로 거미가 초대받지 않은 파티에 가고 싶어하던 마음을 접지는 않았다. 지금도 거미는 개미들이 모여서 이야기하는 것을 엿들으려고 긴 실에 매달린 채로 바람에 흔들리고 있다.

마흔다섯

스스로 열어야 하는 문

잘 알려진 성화에 등장하는 장면을 떠올려 보자.

밖에 서서 안을 향해 문을 두드리는 그림을 여러분은 한 번쯤은 보았을 것이다.

그 그림을 자세히 보면 문에 손잡이도 고리도 없는 것을 알게 된다. 문을 두드리고 있는 사람의 표정은 더없이 평화롭고 인자하며 세상의 모든 사랑을 가득 담고 있지만 그 문은 밖에서는 도저히 열 수 없도록 되어 있다는 것을 알 수 있다. 아무리 안타까운 마음으로 문을 두드려도 안에서 누군가 열어주지 않는다면, 꼼짝없이 밖에 서서 문이 열리기만을 기다려야 하는 것이다.

자, 그림에서 등장하는 장면을 상상할 수 있다면 여러분은 어떤 교훈을 얻을 수 있겠는가?

손잡이가 없는 문을 우리의 마음이라고 생각해 보자.

그 문을 두드리는 사람이 우리에게 구원을 주기 위한 구원자의 모습이라고 생각할 때, 과연 어떻게 처신하는 것이 올바르고 타당한 모습일까?

구원자는 한없는 사랑과 따뜻함으로 우리의 마음의 문을 두드리지만, 우리들은 교만한 감정으로 마음의 문을 꼭 닫아놓은 채 어둡게 살기를 자초하는 경우가 많다.

구원자가 우리에게 주고자 하는 지혜와 용기는 그 누구에게나 다르지 않지만 그것을 받아들여야 하는 우리는 참되고 올바르게 받아들이지 못하는 것은 아닐까.

진실한 생활 속에 있는 사람은 지혜와 진리를 알아듣고 자신의 삶을 아름답게 변화시키지만, 마음이 평화롭지 못하고 불안한 삶 속에 있는 사람은 진리의 소리를 듣지 못하고 끝없이 깊고 어두운 삶을 지겹도록 견뎌야 하는 것이다.

우리는 스스로 마음의 문을 활짝 열고 지혜와 진리 앞에 겸손해야 한다.

서로에게 요구하고 바라는 것만을 앞세우거나 우선하는 것은 현명한 태도가 아니다.

내가 바라고 요구하는 자신의 입장을 먼저 기대하는 사람의 쪽에서 생각해 보아야 하는 것처럼 절대적인 지혜나 진리를 향해서도 적극적인 자세로 받아들이기를 원하고 노력해야 한다.

이러한 태도는 사람들과의 관계에서 원만한 조화가 이루어지는 데 훌륭한 역할을 하여 행복한 생활을 이끌어 줄 것이다.

내적으로 진리와 지혜, 아름다운 품성을 우리 안에 받아들이게 됨으로써 평화와 고요 안에서 행복을 누리게 되는 것이다. 한 번이라도 상대방이 처한 입장에서 자신을 생각해 보았는가?

만약 서로의 입장이 바뀌었을 경우에도 여전히 그를 위해 자신을 희생할 수 있겠는가?

자신의 입장에서는 아무리 간단하고 하찮은 것이라도 상대에게는 크고 무겁게 존재할 수 있다.

내가 그에게 요구한 만큼 그가 나에게 요구했다면?

상황을 바꾸어 생각해 보자. 답은 간단하게 나올 수 있을 것이다.

코끼리의 행동

울창한 밀림 속에서 두세 마리씩 떼를 지은 코끼리들이 물가로 가고 있다.

그들은 물에 다다르자 몸을 뒹굴고 긴 코로 물을 끌어올려 자신의 몸에 뿌리기도 하고, 서로에게 물을 뿌려 주기도 하면서 즐겁게 목욕을 했다. 그러나 몸을 깨끗이 씻고 떠날 준비를 한 코끼리들은 갑자기 하늘로 코를 높이 들어올리고 서로에게 먼지와 흙을 뿌려서 몸을 더럽혀 버리고 말았다. 조금 전까지 즐겁게 벌였던 목욕을 잊은 듯이 그들은 깨끗해졌던 온몸을 순식간에 더럽히고 만 것이다.

몸을 씻었다는 것이 믿을 수 없을 만큼 다시 더러워진 코끼리들은 마치 아무 일도 없었던 것처럼 태연하게 물가를 벗어나 왔던 길을 되돌아갔다.

이 같은 코끼리의 모습과 행동을 어떻게 받아들이고 이해할 수 있을까?

코끼리의 이와 같은 행동은 마치 인간의 세상과 너무나 닮아 있다. 사람들은 빛이 없는 어두운 마음의 밀림 속에서 살고 있다.

사람들은 특별한 절대자나 전능한 신에 의지하면서 자기의 영혼을 정화하고 싶어한다.

어떤 민족이나 인종을 막론하고 인간은 나약함을 이겨내기 위해 자신들만의 절대자를 만들어 문제를 해결하고 마음의 안식처로 삼으려고 한다. 그래서 교회, 사원, 절 등 숭배 장소를 만들어 영혼의 자유를 찾아다니며 평화를 갈구하는 것은 인간들의 겸손한 마음이며 아름다운 모습이다.

그러나 그들이 찾던 장소에 다다랐을 때, 그들은 무엇을 할까?

그들은 간혹 복수와 원한을 생각하고 그릇된 소원이나 희망에 깨끗한 마음을 빼앗긴다. 또한 자신만의 안락을 위해 무리한 지위나 재물을 탐하는 소원을 빌기도 한다.

"경쟁자를 파멸하고 그 이익 되는 것을 저에게 허락하소서."

이러한 그릇된 마음은 몸을 더욱 더럽힐 따름이며 깨끗해지기는커녕 오히려 몸과 마음을 더 어지럽히는 결과를 낳게 된다.

코끼리가 몸을 씻고서 흙을 뒤집어쓰듯, 사람들은 신성한 장소에서 코끼리처럼 탐욕의 흙을 뒤집어쓰는 것이다. 그들의 머리 속에는 이기심, 노여움, 미움, 그리고 참지 못하는 마음의 진흙이 가득해서 이웃을 받아들이지 않고 욕심과 교만으로 더욱더 멀리하기만 한다. 자신의 어리석고 오만한 착각으로 세상의 죄를 가져다 자신의 마음 속에 밀어넣는 것이다.

코끼리의 행동과 다를 바가 무엇일까?

무지와 욕망에 허덕이는 사람들, 처음에는 겸손과 미덕을 쌓기 위해 경건한 장소를 찾았지만 그들은 진정한 진리의 힘을 구하지 못한다. 자신의 영혼을 정화하려고 하지만 그곳에서 자신의 욕망을 충족시키고 싶은 유혹에 빠지게 되고 떠날 때는 처음 왔을 때보다 더욱 더러워진 상태에 있게 되는 것이다.

깨끗하게 목욕을 한 후, 다시 흙을 뒤집어쓰고 깨끗해진 것처럼 착각 속에 떠나는 코끼리와 진리와 평화 앞에 자신을 정화시키기 위해 찾은 성스러운 장소에서 교만과 욕망으로 자신을 더럽히는 사람.

코끼리와 다른 점이 무엇일까?

마흔일곱

올바른 왕의 자리

한 가정의 아버지가 있다.

그는 매일 술을 마시면서 생활했다. 함께 사는 부인과 만나 결혼하게 된 것도 그에게는 목적을 이루기 위한 방편에 불과했다. 그는 자신의 가족들에게 왕처럼 대접받고 싶어했다. 그 사람은 아내를 종처럼 부리고 학대하며 큰 소리로 고함치기를 일삼았고 집안 분위기를 공포스럽게 만들었다. 견디기 어려워 눈물짓는 부인을 향해 무섭게 소리치고, 어떤 때는 순종하지 않는다면서 주먹질을 하기도 했다. 부인이 아기를 갖게 되었어도 포악한 남편의 성격은 고쳐지질 않았고, 마침내 모든 것을 포기한 부인은 그런 남편을 불쌍하게 생각하면서 묵묵히 순종하며 살았다.

하지만 어느 순간부터 남편은 자신이 껍데기에 불과한 왕이라는 사실을 알게 되었다. 보기에는 절대적인 존재이며 군림하는 왕처럼 보였지만 사실은 가장 보잘것없는 자리에 있다는 사실을 깨닫기 시작한 것이다. 오히려 자신의 학대에 숨죽여 봉사하는 아내가 왕의 모습으로 보였다. 한참 재롱을 떨면서 아빠에게 매달리며 생글거려야 할 어린 아들까지도 아버지만 보면 숨도 제대로 쉬지 못하고 자신을 피했다.

그는 주위 사람들의 사는 모습을 보면서도 느낄 수 없었던 자신의 잘못된 생활들을 어느 날 문득 스스로 바라보게 된 것이다.

자신이 진정으로 사랑해야 할 가족들 위에 군림하는 듯이 살았지만, 정말 가져야 할 것을 갖지 못한 자신을 발견하게 된 것이다. 모든 사람들로부터 존경과 칭찬을 받고 싶었던 자신의 욕심이 이웃에게서는 물론 자기가 만든 가정에서조차 외면 받고 있음을 깨달은 것이다.

아내는 모든 것에 순종하고 복종하는 듯 행동했지만, 귀여운 아들도 아버지를 피하고 무서워하며 울던 울음까지도 그칠 만큼 조심스러웠지만, 아버지가 존경스럽고 왕처럼 보여서가 아니라 끔찍하고 무섭고 싫어서였다는 것을 깨닫게 된 것이다.

가장 높아지고 싶은 사람은 가장 자신을 낮추어야 한다. 자신을 낮추는 것은 비굴하거나 지나치게 겸손해서가 아니라 다른 사람과 자신을 차별화시키지 않아야 하기 때문이다.

거대한 우주에 비한다면 우리 인간은 정말 티끌처럼 작다. 그러나 갖고 있는 욕망의 부피는 너무나 크고 거대하다. 우리는 누구든지 거대한 우주에 비교되는 작은 존재임을 잊지 말아야 한다. 부끄러운 생활을 하면서도 타인의 시선을 외면하고 당당한 듯 생각하며 살고 있는 사람이 너무도 많다.

잘못된 모습을 반성하고 고치려 하기는커녕 오히려 독선적인 사고와 행동으로 분위기를 해치면서도 주위의 높은 평가를 기대하는 뻔뻔스러움을 드러내기도 한다.

직장의 동료, 또는 부모와 형제, 아내와 자식에게까지도 존경받고 싶은 것은 누구나 바라는 욕심이다. 그러나 자기의 부끄러운 생활, 결점들을 다른 사람이 보고 알게 된다면 이러한 좋은 평가는 기대할 수 없게 된다. 다른 사람들에게 인정받으려면 그들보다도 지혜가 뛰어나고 겸손과 아름다움의 미덕을 몸으로 베풀 수 있어야 한다.

자신을 낮추면서 겸손하고 양보하는 생활을 영위할 때 비로소 타인의 존경과 칭찬을 듣게 된다.

존경과 사랑을 받으며 낮은 자리에서 맛보게 되는 왕의 자리.

마흔여덟

형제

　두 아들을 둔 어머니는 지극한 사랑으로 두 아들을 키웠다. 누구 하나 조금의 모자람이나 차별 없이 아끼고 사랑하며 보살폈다.

　그러나 차츰 세월이 흐르면서 큰아들은 어머니를 의심하게 되었다. 그는 어머니가 동생을 더 아끼고 더 많은 사랑을 준다고 생각했다. 그러나 사실은, 동생은 이제 겨우 여섯 살이어서 어머니가 조금 더 신경을 써야 하기 때문에 같이 잠을 자거나 위험한 일을 당하지 않도록 곁에서 주의를 살폈을 뿐이었다.

　형은 열 살이었다. 이제는 어머니와 같이 자야 할 정도로 어린 나이가 아니었다. 그러나 큰아들은 어머니의 사랑을 의심하며 불만을 품고 있었다.

'내 동생은 엄마와 같이 잠을 자는데, 나는 왜 그럴 수 없는 거야?'

시기심이 커지면서 형은 행동이 거칠어지고 나빠지기 시작했다. 학교 공부를 하지 않았고 일부러 짓궂은 행동으로 주위사람들을 괴롭히기까지 했다. 어머니의 걱정스런 타이름도 소용이 없었다.

그는 나쁜 친구들과 어울려 다니며 이웃집 정원에서 과일을 훔치기 시작했다. 또한 밤늦게까지 집에 들어오지 않아 부모가 찾아다녀야 했다. 형은 동생에 대한 시기심과 부모에 대한 불만으로 하루하루를 보냈으며 모든 생각들도 이러한 의심의 노예가 되어 버렸다. 급기야 강한 질투심으로 동생을 죽이고 싶다는 생각을 할 정도에 이르게 되었다.

작은 아들은 행실이 바르고 학교 공부에도 충실했으며, 언제나 가정을 중심으로 한 생활을 했다. 그는 나쁜 친구도 사귀지 않았고, 부모에게 순종하며 정원 가꾸는 일과 농사짓는 일을 배웠다. 그는 품성이 곱고 올바랐고, 집안의 잔일들을 싫은 내색 없이 도맡아 하기도 했다.

그러나 큰아들의 나쁜 행동은 계속 되었다. 동생에 대한 사람들의 칭찬이 잦아질수록 더욱 비뚤어져 갔고 변함없는 부모의 사랑을 오히려 비웃음으로 여겼다. 이제 자신은 완전히 버림받은 신세라고 생각한 것이다.

큰아들은 열여덟 살이 되자, 몹시 화를 내며 부모에게 말했다.

"나를 위해 모아 두었던 것을 모두 줘요! 내 상속분을 달라구요. 더 이상 여기서 살고 싶지 않아요!"

그의 부모는 안타까워하며 그를 타일렀다.

"행실을 바르게 해라. 학교에도 가고 자신을 발전시키려고 노력해라. 좋은 친구들을 사귀고, 훌륭한 지혜도 배워야 한다. 동생과 사이좋게 지내고 집안 일을 하는 데도 협조해야 하고……. 사랑은 절대 진리란다. 사랑은 가장 위대한 것이다."

그러나 그는 부모에게 대들며 말했다.

"엄마는 불공평해요. 나보다 동생을 더 사랑하죠. 엄마는 내가 열 살 때부터, 나를 떼어놓고 같이 자지도 못하게 했지요!"

"얘야, 그건 그런 게 아니란다. 열 살이면 많이 자란 거잖니. 하지만 네 동생은 그때 어렸단다. 엄마가 돌봐 주어야 했어. 그 애가 열 살이 되었을 때, 그 애도 역시 떼어놓았단다. 그건 사실이야. 우리의 사랑을 의심하면 안 된다. 네 동생에게 적대감을 가져서도 안 돼. 어떤 사람을 의심해서는 안 되고, 시기심도 갖지 말고, 남의 것을 훔치지도 말며, 거짓말을 하거나 마약 따위에 빠지지도 말아라. 결국 그런 것들로 인해서 사람은 고통을 당하게 된단다."

부모는 진심으로 충고를 해주었지만, 큰아들은 귀담아들으려 하지 않았다. 그는 계속 남의 것을 훔쳤고, 술집을 출입하기 시작했다.부모는 다시 그에게 충고했다.

"이렇게 행동하고 다니면 네 생활이 어떻게 되겠니? 집에서 함께 살자."

그러나 큰아들은 완강하게 거부하며 말을 들으려 하지 않았다.

"엄마, 아빠는 편파적이에요! 나는 자립할 수 있어요. 동생은 내 적이에요. 난 그애가 밉다구요!"

어머니는 고통과 안타까움에 가슴이 아팠지만 큰아들에 대한 희망을 잃고 싶지 않았다.

"너를 낳아 주고 젖을 먹여 키웠는데 그런 말을 하다니, 내 마음이 무척 아프구나."

그러나 큰아들은 어머니의 마음을 헤아리지 않았다. 오히려 자기 몫의 상속을 요구하며 더욱 큰소리로 말했다.

"내 몫의 재산을 줘요. 그리고 나를 가게 내버려둬요!"

어쩔 수 없이 그의 부모는 그에게 정해진 몫의 재산을 주었고, 그는 집을 떠났다. 그는 알콜 중독자나 마약 중독자들과 함께 어울렸다. 그는 술집에 가서 술을 마시고 마리화나를 피우며, 사창가의 여자를 찾기도 했다.

그러나 얼마 지나지 않아 돈이 다 떨어지자, 그의 친구들은 그에게서 떠나 버렸다. 그는 자기 옷가지들을 팔아 돈을 마련하였다. 그 돈도 다 떨어지자 그는 도둑질을 하기 시작했다. 결국 감옥에 끌려가는 신세가 되었고 형량을 마치고 출옥하게 되었을 때는 전과 때문에 일자리도 구할 수 없게 되었다. 이제 서른 살이 된 어엿한 장년으로 성장했지만, 세상 어느 누구도 그를 받아들이지 않았다. 아무 일도 할 수 없다는 사실을 알자 큰아들은 자살을 결심한다.

한편, 작은 아들도 성년이 되었다. 그는 열심히 일하여 자리를 잡았으며 결혼을 하여 성실히 가정을 꾸미면서 행복한 생활을 하고 있었다. 그러나 한편으로는 집을 나간 형에 대한 걱정 때문에 편안한 마음을 가질 수 없었다.

"형이 참 안 됐어. 우린 둘 다 한 몸에서 태어났고, 어렸을 때는 서로 도우며 살았지. 형은 내 오른팔과 같았어. 그런데 지금은 이렇게 헤어져 있다니…….."

그는 이렇게 걱정을 하며 슬퍼했다. 그는 형에 대한 걱정 때문에 식사를 거르거나 잠을 자지 못해 차츰 야위어져 갔다.

어느 날 형은 동생이 살고 있는 마을로 왔다. 그는 거리에서 구걸을 하고 있었다. 무척 야위었고 지저분했으며 덥수룩하게 수염이 자란 모습이 마치 병자 같았다. 한창 젊은 나이였지만 오십 살은 되어 보였다. 동생이 마차를 타고 가다 그 거지를 보았다.

'이건 비극이다. 비틀거리며 걷는 저 노인은 누굴까? 참 불쌍한 사람이구나…….'

그는 마차를 세우고 물었다.

"어디로 가십니까?"

형은 동생을 알아보지 못하며 대답했다.

"내게는 아무도 없어요."

동생은 그 거지가 형이라는 사실을 알지 못했지만 마음 한편을 뭉클하게 하는 그 무언가를 느꼈다. 끈끈한 혈육의 정이 자연스럽게 느껴졌던 것이다.

"어디로 가십니까? 모셔다 드리지요." 하며 그에게 먹을 것과 물을 주었다.

"이 세상에는 내가 머물 곳이 없어요. 오래도록 살 수 있는 곳도 없고, 그저 이리저리 떠돌아다닐 뿐이지요."

"나와 함께 가시지 않겠습니까? 당신은 지금 무척 힘들어 보이는군요. 당신은 나의 마음을 끄는 그 무언가가 있어요. 그래서 돌봐드리려고 하는 거예요. 나도 한때는 형이 있었죠. 저는 정말로 형을 좋아했어요."

형은 마차에 올라타며 말했다.

"당신은 나를 형처럼 생각하며 음식과 물을 주었소. 그런데 나도 한때는 동생이 있었다우. 하지만 내가 이 지경이 된 것은 그 동생 때문이지요. 만일 내 동생이 당신과 같았다면, 내가 이 지경이 되지는 않을 거요. 내 동생은 증오와 악으로 가득 차 있었지요. 동생은 내게 독과 같은 존재지요."

"그가 어떻게 했는데요? 이름이 뭐죠?"

형은 자기 동생의 이름을 말해 주었다.

"당신 이름은요?"

형은 자기 이름도 말해 주었다. 동생은 이 사람이 자기의 진짜 형임을 알게 되었다.

"당신 이야기를 들려 주세요. 무척 궁금하군요." 하고 동생은 부탁했다.

"내 동생이 당신 같았다면 내가 이 지경이 되지는 않았겠지요. 당신은 길에서 만난 나를 보고 반갑게 맞아들였소. 그리고 나 같은 사람에게 마음을 쓰며, 먹을 것을 주었소. 그러나 내 동생은 나를 죽도록 미워했다우. 나에게는 부모님이 계셨는데, 그들은 나를 동생과는 아주 다르게 대했지요. 그들은 동생은 데리고 자고 나는 따로 재웠소. 그들은 아주 편파적이었지요."

"차별 대우한 것이 그것뿐이었습니까? 아니면 다른 것도 있었습니까? 당신 동생은 당신에게 어떻게 했는데요?"

"그것만이 아니오! 그들은 나보다 동생에게 더 관심을 쏟았소. 그들은 동생에게 우유를 먹여 주고 옷을 갈아입혀 주고 빨래도 해 주고 신발도 닦아 주고 학교에도 데려다 주었지요. 하지만 내게는 그렇게 해주지 않았소."

"알겠어요. 열 살이라……. 하지만 그 나이에 어머니가 옷을 입혀 주었다면 부끄럽지 않았겠어요? 그때의 당신과 동생의 몸은 달랐겠지요. 어머니가 그때까지 당신을 돌볼 수는 없지 않을까요? 열 살이면 스스로 자신을 돌보는 방법을 배워야 할 나이가 아닌가요? 우리 어머니도 열 살 때 나를 따로 재웠어요. 하지만 나는 화를 내지 않았죠. 우리 어머니도 당신의 어머니처럼 나를 떼어놓았어요."

그러나 형은 울부짖듯 소리치며 말했다.

"나의 부모는 그렇지 않았소. 그들은 마치 살인자들 같았다구! 동생은 미움으로 가득 차 있었구!"

동생은 계속 그에게 지극한 사랑을 보이며 애정이 가득한 마음으로 말했다.

"당신은 내 형처럼 될 수 있어요. 내가 진짜 형처럼 당신을 보살펴 드릴게요."

"나는 내 상속분을 받고 집을 나왔소. 친구들도 많았소. 하지만 돈을 다 탕진하고 결국 감옥에 가야 했소. 마치 부모가 나를 떠난 것처럼 친구들도 내게서 떠나 버렸지요. 지금은 그냥 자살하고 싶을 뿐이오. 동생은 내 영원한 적이오. 부모도 마찬가지고." 하며 형은 절망스러운 얼굴 표정을 지었다.

"그렇게 생각하지 말아요. 입장을 바꿔서 생각해 봐요. 만일 당신이 아내와 자식들이 있다면, 당신도 똑같이 했을 거예요. 만일 당신 아들이 열 살이라면, 더 이상 침대에서 재우지 않았을 거라구요. 마음 속에 그런 무거운 짐을 담고 있지 마세요. 이런 고통은 당신이 자초한 것이에요. 당신의 친구들, 당신의 행동, 생각, 시기심 때문이라구요. 당신을 이렇게 만든 것은 바로 잘못된 판단과 엉뚱한 오해로 생긴 질투심 때문이에요. 그것들을 떨쳐 버리세요. 당신

부모와 동생은 항상 당신에 대해 생각하며 걱정하고 있다는 걸 알아야 해요. 그들은 지금도 당신을 생각하며, 당신의 생사를 걱정하고 있을 거예요. 나도 형이 있었어요. 당신은 나의 형처럼 느껴져요. 나와 같이 우리집으로 갑시다."

이렇게 말하고 나서 동생은 형을 집으로 데려갔다. 그는 형을 이발소로 데려가 머리를 다듬게 하고 면도를 시켰으며, 새 옷을 입혀 멋진 모습으로 가꾸었다.

그러나 형의 마음 속 깊이 뿌리 박혀 있는 미움과 증오는 여전히 사라지지 않고 남아 있었다.

얼마 후, 차츰 생활이 안정되어지자 동생은 형에게 말했다.

"당신은 내 형과 똑같군요. 나는 스물여섯 살이고, 당신은 서른이에요. 하지만 당신의 모습은 결코 젊거나 활기차 보이지 않는군요. 행동하기 전에 잘 생각하세요. 지금 하는 일이 미래에 어떤 결과로 나타날지 항상 생각해야 해요. 의심 때문에 자신을 초라하게 만들지 말아요. 누굴 미워할 필요도 없어요. 의심은 정상적인 생활을 하는데 아무런 도움이 안 되거든요."

며칠 후 동생은 어머니에게 전보를 쳤다.

'형을 만났어요. 형은 저와 함께 있고, 형의 마음이 다소 안정되면 어머니께 함께 갈게요.'

전보를 받은 어머니는 매우 기뻐하며 답장을 썼다.

'내 생명과 같은 아들을 만날 때까지 기다릴 수가 없구나. 12년 동안 나는 음식을 마련할 때마다 너의 형 생각에 마음이 아팠단다. 신께서 그를 너에게 보내셨으니, 내가 직접 보아야만 내 슬픔이 사라질 것 같구나.'

동생은 그 전보를 형에게 보여 주었다.

"내가 진짜 동생이에요. 형이 오해하며 그렇게 미워했던 동생이라구요. 이 전보는 어머니가 보내신 거예요. 어머니는 그동안 형의 걱정에 마음 아파하셨어요. 결코 단 하루라도 형을 미워하거나 차별한 적은 없어요. 오히려 더욱 걱정하고 근심하셨죠. 이제는 형의 마음 속에 가두어 둔 질투와 미움과 의심을 걷어 버릴 차례예요."

동생은 형을 부모님이 사는 집으로 데려갔다. 나이 든 부모님은 큰아들을 끌어안고 기쁨과 감사의 눈물을 흘렸다. 마침내 어머니의 근심과 걱정은 씻은 듯 사라져 버렸다. 큰아들은 잘못을 깨달았고, 용서를 구했다.

동생은 형에게 자기의 상속 받는 재산을 모두 주며 말했다.

"난 잘 살고 있어요. 그러니 이 돈은 형이 가져가세요. 다시 공부도 하고, 다시 새 출발 하세요."

감춰진 사랑의 뜻

재물이 넉넉하여 평생을 안락함과 평온함으로 살아가는 부인이 있었다. 누가 보아도 무엇 하나 부족함이 없어서 아무런 근심이나 걱정도 없는 듯 보였다. 하지만 아름다운 저택과 많은 하인을 거느리고 모든 풍요를 누리며 사는 부인이었지만, 그녀에게는 자식이 없었다.

젊은 시절, 일찍 세상을 떠난 남편의 재산으로 넘치는 영화와 부귀를 누리며 살았지만 재산을 물려 줄 자식이 없었던 부인은 자신의 일생을 돌보아 주는 하인들을 의지하며 살았다.

그녀는 크고 아름다운 저택에서 먹고, 자고, 입고, 그리고 산책하면서 온갖 즐거움을 누렸다.

정원을 손질하는 정원사, 요리를 맛나게 해내는 요리사, 부인의 옷 손질을 하는 사람, 집을 관리하는 관리사.

이들은 부인의 생활을 좀 더 화려하고 멋있게 꾸며 주기 위하여 노력하였으며, 그들은 또한 이러한 생활을 당연한 것으로 여기며 자신에게 주어진 일에 충실하였다.

그 중에는 사라라고 하는 여자가 있었다.

그녀는 노쇠한 부인을 위해 그녀가 젊었을 때부터 늘 곁에서 돌보아 주는 일을 열심히 해왔던 사람이었다. 여러 하인이 있었지만 그 누구보다도 헌신적이고 부지런히 일했으며 충성스러웠다.

부인 또한, 사라에게는 특별한 관심을 보이며 애정을 표했다. 두 사람의 관계는 주인과 하인 이상으로 가까웠으며 이를 의심하는 사람은 아무도 없었다. 집 안에 함께 사는 다른 사람들도 그런 그들의 관계를 두고 훗날 적잖은 재산이 사라의 몫이 될 것이라고 수근거렸지만 사라는 그들의 그런 소리에 귀기울이지 않고 묵묵히 주어진 일에 최선을 다할 뿐이었다.

세월이 흘러 마침내 부인은 늙고 쇠약해져서 자리에 눕게 되었다. 소문난 의사가 분주하게 드나들고 하인들도 부인의 회복을 위해서 바쁘게 움직이며 정성을 다했지만 노부인은 회복의 기미가 없었다. 나중에는 누운 자리에서 아무렇게나 배설을 하는 지경에 다다랐으며 의사마저도 더 이상 회복할 기미가 없다며 희망을 갖지 말라고 진단할 정도였다.

크고 아름다운 저택의 구석구석에서는 부인의 운명을 앞두고 남겨질 재산에 대해 서로 이야기가 오고 가기 시작했다. 다른 사람들에게는 뒤에 남겨질 엄청난 재산이 더욱 큰 관심사였다.

하지만 사라만은 진심으로 부인이 세상을 떠나게 되는 것에 대해 슬퍼하며 더욱 정성을 다해 하루에도 몇 번씩 더럽혀진 속옷을 갈아내고 살피는 일에 열심이었다. 그런 정성에도 차도가 없이 계속 악취나는 배설물이 일거리로 주어지면서 다른 하인들은 조금씩 짜증스러워하면서 얼굴을 찡그리고 지겨워했지만 사라는 언제나 똑같은 표정과 똑같은 모습으로 부인을 보살폈다.

그러던 어느 날, 부인은 유언장을 공개하기 위해 변호사를 청했다. 무겁게 가라앉은 분위기 속에서 하인들이 부인의 방으로 불려 들어갔다. 부인은 함께 살던 모든 하인들에게 자신이 직접 작성해 놓은 유언장을 차례로 나누어주며 그 동안의 노고를 위로했다.

하지만 어찌된 일인지 당연히 많은 재산을 받으리라고 생각했던 사라에게만은 유언장이 주어지지 않았다. 사람들은 모두 의아한 표정이었고 사라 역시 당황한 표정을 숨기지 못하고 있었다. 이윽고 사라를 향해 부인은 부드럽게 미소지으며 그녀의 손을 잡고 사랑이 가득한 목소리로 말했다.

"사라야, 네가 나를 위하여 얼마나 큰 정성과 사랑을 다했는지 잘 알고 있다. 정말 고맙구나. 자식처럼, 때론 형제처럼 그렇게 널 생각하며 살아왔단다. 그래서 외로움이 한결 덜했구나. 널 사랑한다. 너의 지극했던 사랑에 내가 줄 수 있는 것이 겨우 이것뿐이로구나. 내 감사의 뜻으로 알고 받아다오!"

이렇게 말하며 부인이 사라에게 건네준 것은 흙으로 만들어진 작은 십자가였다. 십자가를 받아든 사라는 치밀어 오르는 절망감에 분노하며 사랑의 눈빛으로 가득한 부인의 얼굴을 원망의 눈빛으로 바라보았다. 마침내 울분과 설움이 섞인 음성으로 말했다.

"부인, 섭섭합니다. 말씀대로 그렇게 특별히 절 사랑하셨고, 자식처럼, 형제처럼 생각하셨다고 하시면서 다른 이에게는 커다란 재산을 주시고 제게는 겨우 이 보잘것없는 흙으로 만들어진 작은 십자가를 주십니까?"

그러나 부인은 말없이 사라의 얼굴만 바라볼 뿐이었다. 부인의 얼굴에는 슬픔의 빛이 배어들고 있었다.

화가 난 사라는 그만 손에 들고 있던 십자가를 벽을 향해 힘껏 던져 버리고 말았다. 깨어진 십자가는 바닥에 흩어지며 산산조각이 나고 말았다. 순간, 방안에는 밝은 빛이 가득해지면서 사라의 발 아래로 값진 보석들이 반짝이며 흩어졌다.

부인이 사라에게 흙으로 만든 십자가에 넣어 준 보석들은 매우 귀한 것들이었다. 부인은 다른 사람들의 질투심을 경계하기 위하여 그러한 조치를 취한 것이었다.

사라는 자신이 저지른 일이 부끄럽고 수치스러워 견딜 수가 없었지만 온몸이 얼어붙은 듯 움직여지지 않았다. 순간의 감정을 참지 못해 부인의 아름다운 마음을 이해하지 못한 자신이 비참할 정도로 부끄러웠지만 그렇다고 무어라 잘못을 빌어야 할지도 당장 생각나지 않았다. 이윽고 정신을 차리고 부인을 향해 용서를 빌며 무릎을 꿇었을 때, 이미 부인은 슬픈 얼굴로 숨을 거둔 뒤였다.

사라가 자기의 어리석음을 깨닫고 눈물로 용서를 청했지만 이미 숨을 거둔 부인은 아무런 대답이 없었다.

단지 무섭게 굳어져 가는 실망의 표정만이 죽음보다 더 슬프게 사라의 가슴을 울리기 시작했다.

숨겨진 깊은 사랑을 모르고, 보여지는 물질에 눈이 어두웠던 사라의 후회와 안타까운 몸부림은 이미 때늦은 것이었다. 다른 하인들에게는 똑같은 셈으로 나누어 준 재산, 그러나 특별히 생각하고 사랑했다던 사라에게 건네준 초라한 십자가, 겉으로 보기에는 한낱 보잘것없는 흙덩이에 불과했지만 그 깊숙한 곳에 감춰진 내면의 사랑을 탐욕에 마음을 빼앗겨 제대로 볼 수 없었던 것이다.

쉰

블랙스미스 가게의 빨간 불

블랙스미스 씨의 가게는 대장간이다. 쇠가 뜨겁게 달구어지고 식혀지면서 전혀 다른 새로운 형태의 용구들이 만들어지는 곳이다.

변화, 그것은 본질을 바꾸는 것이기도 하고 형태를 다르게 하는 것일 수도 있지만 고통과 인내를 동반하는 시간을 거쳐야만 한다.

지금부터 블랙스미스 씨의 가게에 들어가 보도록 하자.

그는 힘차게 풀무질을 해서 불꽃이 더 밝고 뜨겁도록 준비한다. 나무를 가득 집어넣어서 얼굴에 땀이 맺히도록 종일 풀무질을 하고 불이 약해지면 또 다시 풀무질을 해서 공기를 불어넣으면 이내 활활 타올라 뜨거운 열기가 가득 넘친다.

블랙스미스 씨가 하는 일을 지켜보도록 하자.

그는 쇳조각을 자르고 그것을 불에 넣어 **빨갛게** 달구어질 때까지 기다린다. 달구어진 쇳조각을 꺼내 놓고는 두드려서 U자 모양으로 구부린다. 그 다음 블랙스미스 씨는 조그만 쇳조각을 세 조각으로 나누어 자르고 세 개의 못을 만든다. 그리고 다른 연장을 들고 그 못으로 세 개의 구멍을 뚫은 후 말발굽을 완성한다.

다음은 마차를 끄는 황소에 맞는 특별한 모양의 굽을 만드는 과정을 살펴보자.

뜨겁고 평평한 쇳조각을 준비하고 그것을 두 개로 나누어 위험한 충격으로부터 황소의 발굽이 보호되도록 앞을 완전히 구부린다. 이러한 일들이 그가 종일 대장간에 틀어박혀 하는 일의 대부분이다.

황소에겐 갈라진 모양의 발굽을 만드는 반면, 말에게는 타원형의 발굽을 만든다. 말이나 소에게 사용되는 발굽 외에도 쇠를 이용해서 유익한 많은 것들을 그는 만들고 있다. 하지만 모든 것을 다 만들지는 않는다. 그는 쇠판을 자유자재로 다룰 수 있는 재주를 가졌지만 다만 유익하다고 생각되는 것들만 만들 뿐이다.

그가 일하는 대장간에서 우리는 어떤 소리를 들을 수 있는지 귀 기울여 보도록 하자.

쇠가 불 속에서 뜨겁다고 울부짖는 소리, 그것을 꺼내 놓고 두드릴 때 쇳조각이 아프다고 아우성치는 소리, 하지만 그렇다고 블랙스미스 씨는 결코 하던 일을 그만두지 않는다. 계속 쇳조각을 달구고 그것을 꺼내, 만들고자 하는 모양이 될 때까지 두드리고 다시 불에 달구는 일을 반복한다.

그때 쇳조각은 생각한다.

'아, 싫어. 처음에는 나를 뜨거운 불 속에 넣어 달구더니 이제는 실컷 때리기까지 하나요?'

쇳조각 뿐 아니라 모루(대장간에서 쓰는 받침 쇳덩이)까지도 불평을 한다.

'쇠를 칠 때, 그 쇳조각 뿐 아니라 우리도 같이 맞게 되어 구멍이 생기고, 그 뜨거운 열은 또 얼마나 고통스러운지!'

하지만 쇳조각이나 모루가 불평을 늘어놓는다고 해도 블랙스미스 씨는 결코 작업의 손길을 멈추지 않을 것이다.

그는 오로지 자신의 설계와 계획에 따라 한치의 소홀함도 없이 작업을 진행할 것이다. 만약 의도대로 일이 되지 않는다면 더욱 더 강하게 쇳조각을 두드려 댈지도 모른다.

그렇게 일을 끝내고 나면 쇳조각에 불과했던 것들은 아름답고 유용한 물건으로 바뀌게 된다.

이처럼 우리도 지혜의 불로 마음을 단련시켜야 한다.

지혜의 불에 우리의 욕망, 착각, 교만을 올려놓고 뜨거운 화로 속에서 온갖 잡스러운 것들을 녹여서 새롭게 만들어야 한다. 거듭난다는 것은 새롭게 됨을 뜻한다. 올바른 이성을 바탕으로 더욱 세찬 풀무질을 해서 마음이 밝게 열려 있게 되었을 때, 우리는 보다 뛰어나고 유익한 새로운 모양으로 태어날 수 있다.

새로운 형태로 다시 태어난다는 것은 이렇듯 철저한 고통과 탈바꿈의 아픔을 겪은 다음에야 가능하다.

우리는 과연 어떠한 모습으로 다시 태어나야 하는가?

먼저 우리 안에 숨겨진 좋은 품성을 발견하고 그것을 정성스럽게 다듬을 수 있는 자질이 필요하다. 노여움, 교만, 탐욕 등.

딱딱하게 굳어 있는 것들을 쇳조각을 달구어 다듬고 두드려서 좋은 자질로 변화시키듯이 우리의 나쁜 품성 또한 변화시켜야 한다.

불 속에 달구고 망치로 두드리는 동안 나쁜 자질들은 고통받고 괴로워할 것이다. 고통과 괴로움에서 벗어나고픈 유혹 때문에 포기하고 싶은 마음이 생길지라도 그들의 울부짖음에 귀기울이지 않고 그것들을 녹이고 쳐서 좋은 상태로 다듬어야 한다.

만약 여러분이 이러한 과정을 받아들이고 행할 수 있다면 진정으로 지혜로운 사람이 될 수 있을 것이다.

용광로는 이러한 껍데기를 녹여주고 쇠망치는 여러분을 더욱 단단하게 완성시켜 줄 것이다. 잘라내야 할 부분은 잘라내도록 하고, 빈자리는 새로운 진리로 가득 채워야 한다.

그것이 블랙스미스 씨의 모습에서 발견할 수 있는 교훈이다.